향성

Tropismes

TROPISMES
by Nathalie Sarraute

Copyright © Les Editions de Minuit 1957
All rights reserved.

Korean translation edition is published by arrangement with
Les Editions de Minuit through Guy Hong Agency.

Korean Translation Copyright © Minumsa 2025

이 책의 한국어 판 저작권은 기홍에이전시를 통해
Les Editions de Minuit와 독점 계약한 (주)민음사에 있습니다.

저작권법에 의해 한국 내에서 보호를 받는 저작물이므로
무단 전재와 무단 복제를 금합니다.

세계문학전집 467

향성

Tropismes

나탈리 사로트
위효정 옮김

민음사

일러두기

1 『향성』은 *Tropismes*(Les Éditions de Minuit, 1957/2012)을 저본으로 삼아 우리말로 옮겼다.
2 본문의 각주는 모두 옮긴이 주이다.

차례

향성 7

작품 해설 73
작가 연보 86

1

 그들은 사방에서 솟아나는 듯했다. 약간 축축하고 미지근한 공기 속에서 피어나, 그들은 가만히 흘러 다녔다, 마치 벽들에서, 철책에 싸인 나무들에서, 벤치들에서, 더러운 보도들에서, 공원들에서 스며 나온 듯이.
 주택가의 죽은 정면 외벽들 사이로 그들은 컴컴한 송이를 지어 길다랗게 늘어졌다. 띄엄띄엄, 가게 진열대 앞에서 그들은 더 단단한 응어리를 이루었고, 움직이지 않으면서 그 주위로 약간 역류를 일으키기도 했다, 살짝 막힌 배수구에서처럼.
 이상한 평안, 일종의 필사적인 만족이 그들로부터 풍겨 나왔다. 그들이 주의 깊게 바라보는 것은 눈 덮인 산처럼 솜씨 좋게 꾸며 놓은 '순백 박람회'의 리넨 더미, 아니면 어느 인형, 그 이빨과 눈이 일정한 간격을 두고 켜졌고, 꺼졌고, 켜졌고,

꺼졌고, 켜졌고, 꺼졌고, 언제까지나 똑같은 간격을 두고 새로이 켜졌고 새로이 꺼졌다.
  그들은 오래도록 바라보았다, 꼼짝하지 않고 그들은 거기 머물렀고, 진열창들 앞에 내놓인 채, 떠나는 순간을 언제까지나 다음 간격으로 미루고 있었다. 그리고 그들에게 손을 맡긴 얌전한 아이들은 바라보는 일에 지쳐, 산만하게, 참을성 있게, 그들 곁에서, 기다리고 있었다.

2

 그들은 얼굴을 들여다보느라 붙어 있던 장롱 거울에서 뜯겨 나왔다. 그들의 침대 위에서 일어났다. "식사 준비 다 됐어요, 식사 준비 다 됐어요", 그녀의 말이었다. 외따로, 부루퉁하게, 녹초가 되어, 각자의 소굴에 숨어든 식구들을 그녀는 식탁으로 불러 모았다. "아니 다들 뭣 때문에 매양 맥을 못 출까?" 요리사와 얘기하면서 그녀는 말하곤 했다.
 그녀는 요리사와 몇 시간이고 얘기하곤 했다, 식탁 주위에서 부산을 떨면서, 매양 부산을 떨면서, 그들에게 줄 탕약이나 요리를 준비하면서 그녀는 얘기를 했고, 그러면서 집에 오는 사람들을, 친구들을 비평했다. "아무개 양은 머리카락 색깔이 짙어질 거야, 꼭 엄마 머리처럼 될걸, 곧은 머릿결하며. 운이 좋은 거지, 파마를 안 해도 되는 사람들이란." "그 아가씨

머릿결이 참 곱지," 요리사가 말했다. "숱이 많고, 곱슬하진 않지만 그래도 고와." "그리고 아무개 씨 말이야, 당신한테 아무 것도 안 줬다고 장담하겠어. 인색한 사람들이야, 그치들 모두, 돈도 있으면서, 돈이 있지, 밥맛없어. 그러면서 좀체 쓰지를 않는 거야. 난 말이야, 그것만은 이해 못 해." "아, 아니지," 요리사가 말했다. "아니, 그걸 자기들이 다 싸 짊어지고 가지야 않을걸. 게다가 그 집 딸은 아직 결혼을 안 했잖아. 그 딸은 꽤 괜찮고. 머릿결이 곱고, 작은 코에, 발도 귀엽고." "맞아, 머릿결이 고운 건 사실이야." 그녀는 말했다. "그렇지만 아무도 좋아해 주지 않는걸. 댁도 알잖아, 인기가 없어. 아! 정말 웃기는 일이야."

그리고 그는 부엌으로부터 누추하고 구질구질한 생각이 배어 나오고 있음을 느꼈다. 제자리걸음하는, 매양 그 자리에서 제자리걸음을 하는 생각, 둥글게, 둥글게 맴도는 생각, 현기증이 나지만 마치 자기들은 멈출 수 없다는 듯, 속이 메슥거리는데도 멈출 수 없다는 듯, 손톱을 물어뜯을 때처럼, 벗겨지는 피부를 한 조각씩 뜯어낼 때처럼, 두드러기가 나서 긁을 때처럼, 불면에 시달릴 때 침대에서 돌아눕는 것처럼, 쾌감을 느끼기 위해서 또한 고통을 느끼기 위해서, 녹초가 되도록, 숨이 끊어지도록……

"하지만 그들에겐 그게 다른 문제였을 수 있지." 그게 그의 생각이었다, 자기 침대에 뻗어서 얘기를 들으며, 무슨 끈적끈적한 점액처럼 그들의 생각이 그에게로 배어들고, 그에게 들러붙고, 그의 내부에 펴 발라지는 동안.

그가 할 수 있는 일은 아무것도 없었다. 할 수 있는 일이 없다. 벗어나기란 불가능했다. 사방에서, 무수한 형태로, "못 믿을" 형태로, ("오늘 해는 믿을 게 못 돼요." 건물 관리인 여자가 말했다. "믿을 게 못 된다니까요, 까딱하면 병에 걸려요, 불쌍한 우리 남편도 그랬죠, 자기 몸은 좋아라고 챙기는 양반이었는데도…….") 사방에서, 삶이라는 것이 취하는 갖가지 모습으로 나타나는 그것은 지나가며 당신을 덥석 붙들곤 했다, 당신이 건물 관리인 거처 앞을 달려 지나갈 때, 당신이 전화를 받을 때, 가족끼리 점심을 먹을 때, 친구를 초대할 때, 누구에게고 말을 걸 때.

그들에게 대답해야 했고, 상냥한 격려를 건네야 했고 특히, 무엇보다도 특히, 그들이 느끼게 하는 것, 그가 자기들과 다르다 생각한다고 한순간이라도 느끼게 하는 것은 금물이었다. 굽힐 것, 굽힐 것, 스스로를 지울 것, "그래요, 그래요, 그래요, 그래요, 맞아요, 물론이죠", 이게 그들에게 해야 할 말이었다, 그러고는 공감을, 다정함을 실어 그들을 바라보아야 한다, 그러지 않으면 파열이, 뜯겨짐이, 예기치 못한, 사나운 뭔가가 벌어질 참이었다, 한 번도 벌어지지 않았던, 무시무시한 사태가 될 뭔가가.

그때가 오면 그는 행동의, 힘의 돌연한 격랑에 휩싸여, 어마어마한 완력으로, 낡고 더러운 걸레들인 양 그들을 떨쳐 내고, 비틀고, 찢고, 철저히 결판낼 것 같았다.

하지만 그는 그게 필시 틀린 느낌이리라는 것도 알았다. 그가 그들에게 달려들 새도 없이, ─그 확실한 본능, 그 방어의 본능, 조마조마한 그들의 힘을 이루는 그 수월한 생명력으로 그들은 그를 향해 돌아서서 단번에, 어떻게인지 그로서는 알 수 없지만, 그를 때려눕힐 것이었다.

3

 그들은 팡테옹 뒤, 게뤼사크가(街)나 생자크가 쪽 조용한 골목들에 거주하게 되었다. 집은 어두운 안뜰을 향해 있었지만 썩 괜찮았고 설비도 잘 갖추어져 있었다.
 그것이, 여기 그것이 그들에게 주어졌고, 거기 더해 그들이 하고 싶은 것을 할 자유가, 어떤 희한한 차림을 하건, 어떤 얼굴과 함께이건, 고만고만한 골목들을 그들이 원하는 대로 걸을 자유가 주어졌다.
 여기에서는 그들에게 요구되는 품행 같은 게 없었다. 다른 이들과 함께해야 할 어떤 활동도, 어떤 감정도, 어떤 기억도 없었다. 벌거벗겨진 동시에 보호받는 생활이 그들에게 주어졌다, 인적 없는 교외의 역 대합실 같은 생활, 시커먼 난로가 실내 가운데 하나 있고 벽을 따라 나무 장의자들이 놓여 있는

휑뎅그렁한, 회색빛 미지근한 대합실 같은 생활이.

그리고 그들은 만족스러웠다. 여기에 있는 것이 좋았고, 거의 자기들 집처럼 편했고, 건물 관리인 아주머니나 우유 배달 아주머니와도 사이가 좋았고, 동네에서 제일 꼼꼼하면서도 제일 저렴한 세탁소 아주머니에게 빨래할 옷을 맡겼다.

그들이 예전에 뛰놀던 들판을 떠올리려 애쓰는 일은 전혀 없었다. 그들이 자란 소도시의 색깔이나 냄새를 되찾으려 애쓰는 일도 전혀 없었고, 그들 안에서 무언가가 솟아나는 걸 보는 일도 전혀 없었고, 동네 거리를 걸을 때, 상점 진열대를 바라볼 때, 건물 관리인 아주머니의 거처 앞을 지나면서 깍듯이 인사를 할 때, 삶에 침수된 벽의 한 면이, 혹은 어느 안뜰의 강렬하고 다정한 포석들이, 혹은 그들이 어렸을 때 앉아 있곤 하던 현관 층계의 순순한 계단들이 그들 기억 속에서 일어나는 것을 보는 일도 전혀 없었다.

집 층계참에서 그들은 가끔 "아랫집 세입자"를 마주치곤 했다. 고등학교 선생이고, 4시면 두 아이를 데리고 학교에서 돌아오곤 했다. 셋 모두가 길쭉한 얼굴에, 연한 색 눈은 커다란 상아 달걀처럼 반들반들 빛났다. 그 집 문이 잠깐 반쯤 열리면 그들은 그 사이를 지나갔다. 입구 바닥에 비치된 사각 펠트 발깔개에 그들의 발이 놓였다가 — 이윽고 소리 없이, 긴 통로 어두운 안쪽을 향해 미끄러지며 멀어져 가는 모습이 보였다.

4

그 여자들은 표현되다 만 것들을 우물거렸다, 멍한 시선을 하고, 그녀들로서는 정확히 옮길 수 없을 것 같은 미묘하고 까다로운 느낌을 속으로 좇고 있다는 듯이.

그는 그 여자들을 채근했다. "그러니까 왜? 그러니까 왜? 그래 왜 내가 이기주의자라는 거지? 왜 인간 혐오자라는 거야? 왜 그렇지? 말해 봐, 말해 보라고."

마음속 깊은 곳에서는 그녀들도 알고 있었다, 자기들은 게임 중이고, 무엇인가를 따르고 있다. 가끔 생각하기로 자기들은 그를 바라보며 무슨 지휘봉 같은 것으로부터 눈을 떼지 못하는 듯했다. 그 여자들을 지도하려는 듯이 그가 늘 휘두르는 지휘봉, 가만히 내저어 그 여자들을 순종하게 하는 지휘봉, 마치 발레 감독처럼. 거기, 거기, 거기, 그녀들은 춤을 췄고, 몸을 돌렸고, 빙빙 회전했다, 약간의 재치, 약간의 지성을 선보이며, 하지만 건드리지 말아야 할 것이 있는 듯, 그의 기분을 언짢게 할 수 있는 금지 구역으로 넘어가는 일은 절대 없이.

"그러니까 왜? 그러니까 왜? 그러니까 왜?" 자, 해 보자! 앞으로! 에이, 아니, 그게 아니야! 뒤로! 뒤로! 바로 그거야, 쾌활한 느낌으로, 그래, 한 번 더, 가만히, 발끝으로, 농담과 아이러니를. 그래, 그래, 해 볼 수 있지, 모양이 잡힌다. 이제는 순진한 투로 가혹해 보일 수 있는 진실들을 감히 말해 보자, 그를 다루어 보자, 그가 그러는 걸 좋아하니까, 가볍게 핀잔하기, 그는 이 놀이를 좋아하거든. 여기서 조심, 가만가만, 위험해지는 수가 있어, 하지만 시도해 볼 수 있지, 그걸 짜릿하고 재밌고 자극적이라고 여길 수도. 이제는 이야기를 하나 해 보자, 스캔들 이야기야, 그가 알고 지내는 사람들, 그를 받아들이고 그를 높이 평가하는 사람들의 사생활 이야기. 이건 그의 흥미를 끌 수 있을 거야, 여느 때 같으면 이걸 좋아해…… 아니, 아니야! 아! 미쳤었지, 그는 관심이 없거나 그것에 기분이 상했어. 그가 얼굴을 구긴다, 그는 어찌나 무서운지, 이제 그는 노기등등하고 심통 사나운 기색으로 그녀들을 내칠 것이다, 그녀들에게 뭔가 상스러운 말을 할 것이고, 그녀들이 자기들의 저속함을 알아차리게 할 것이다(어떻게 할지는 그녀들도 알 수 없었다), 지금이 아니라도 어쨌든 작디작은 기회만 있으면, 어찌 대꾸할 수도 없이, 그이 특유의 우회적인 방식으로, 아주 고약하게.

얼마나 진이 빠지는지, 하느님 맙소사! 얼마나 진이 빠지는

지 이 소모전이란, 그의 면전에서 줄곧 이렇게 깡충거린다는 것, 뒤로, 앞으로, 앞으로, 앞으로, 그리고 한 번 더 뒤로, 이번엔 그를 가운데 두고 빙 돌아 주기, 그다음엔 한 번 더 발끝으로, 그에게서 눈을 떼지 말고, 그리고 옆으로 그리고 앞으로 그리고 뒤로, 그에게 이 향락을 제공하기 위해.

5

 몹시 무더운 7월 나절을 틈타, 맞은편 벽이 축축한 작은 안뜰에 쨍하고 단단한 빛을 던져 댔다.
 이 더위 아래 하나의 거대한 공백이, 하나의 침묵이 있었다. 모든 것이 유보된 듯했다. 들리는 것은 다만 공격적인, 귀를 째는, 포석에 끌리는 의자 소리, 닫히는 문소리뿐이었다. 그 더위 속에서, 그 침묵 속에서 — 그건 한 줄기 느닷없는 냉기, 하나의 파열이었다.
 그리고 그녀는 꼼짝 않고 가만히, 침대 가장자리에 최대한 작은 공간만을 차지한 채 긴장을 늦추지 않았다. 마치 뭔가가 터지기를, 이 위협적인 침묵 속에서 뭔가가 그녀에게 달려들기를 기다리는 듯이.
 죽어 있는 듯 태양 아래 석화된 목초지에서 이따금씩 날카

로운 매미 울음소리가 그 냉기의 감각, 고립의 감각, 뭔가 불안한 일이 꾸며지는 적대적인 우주 속에 버려졌다는 감각을 들쑤셨다.

  폭염의 태양 아래 풀밭에 진을 치고, 꼼짝 않는다, 염탐한다, 기다린다.

* * *

  그녀는 침묵 속에서 듣고 있었다, 현관문 자물쇠에서 열쇠 돌아가는 작은 소리가 통로의 오래된 푸른 줄무늬 벽지를 따라, 더러운 페인트칠을 따라 그녀한테까지 침투해 오는 것을. 그녀는 서재 문이 닫히는 소리를 듣고 있었다.

  그녀는 거기 가만히, 여전히 움츠린 채로 기다리면서, 아무것도 하지 않고 있었다. 아무리 작은 행동, 욕실에 가서 손을 씻거나 수도꼭지 물을 틀거나 하는 행동조차 하나의 도발처럼, 느닷없이 허공 속으로 뛰어드는 일처럼, 대담하기 짝이 없는 행위처럼 여겨졌다. 팽팽한 침묵 속의 돌연한 물소리, 그것은 마치 하나의 신호, 그것들을 향해 울릴 호출, 막대기 끝으로 건드린 해파리를 역겨워하면서 그게 불현듯이 소스라치며 곤두섰다가 다시 움츠러들기를 기다리는 것과 같으리라.

  그녀는 그것들을 그렇게 느꼈다, 벽 뒤에, 늘어앉아, 부동상태로, 소스라칠 태세를, 요동칠 태세를 갖추고 있다고.

  그녀는 꼼짝 않았다. 그녀를 둘러싼 온 집이, 거리 전체가 그러라고 부추기는 듯했고, 그 부동성이 자연스럽다고 여기는 듯했다.

확실해 보였다. 문을 열 때, 계단을 볼 때, 꺾을 수 없고 비인칭적이며 색채 없는 정적이 가득 들어찬, 오가던 사람들의 흔적도 그들이 지나갔다는 기억도 전혀 간직하고 있지 않은 듯한 계단을 볼 때, 식당 창문 뒤에 설 때, 주택들의 정면 외벽을 바라볼 때, 상점들을 바라볼 때, 거리를 걷는 늙은 여자들과 아이들을 바라볼 때, 가능한 한 오랫동안 기다려야 한다는 것, 그처럼 부동 상태로 있어야 한다는 것, 아무것도 하지 않고 꼼짝도 하지 말아야 한다는 것, 최고의 이해, 진정한 지성이란 바로 그것, 아무것도 시도하지 않고 가능한 한 적게 요동하고 아무것도 하지 않는 것임이 확실해 보였다.

고작 할 수 있는 일이라곤 아무도 깨지 않도록 조심하며 죽어 있는 어두운 계단을 쳐다보지 않고 내려가서, 보도를 따라, 벽을 따라 소소하게 나아가는 것, 어디로 가는지 알지 못하고 가고 싶은 곳도 전혀 없이 그저 숨을 좀 쉬기 위해서, 약간 움직여 보기 위해서, 그런 다음에는 집으로 돌아와서 침대 가장자리에 앉아 다시금 기다리는 것이었다. 몸을 오그리고, 부동 상태로.

6

　아침마다 그녀는 아주 일찍 침대에서 뛰쳐나와 매섭게, 빈 틈없이, 고함과 제스처와 역정으로 씩씩거리는 숨소리와 "한바탕 쇼"를 한껏 짊어진 채 온 집 안을 달려 다녔다. 방에서 방으로 다니며, 부엌을 뒤지며, 누군가가 들어가 있는 욕실 문을 맹렬하게 두드리며, 그녀는 간섭하고, 지도하고, 닦달하고, 내처 한 시간을 거기서 있을 작정인지 그들에게 묻고, 혹은 늦었다고, 전차나 기차를 놓치게 되리라고, 너무 늦었다고, 되는대로 무신경하게 있던 그들이 뭔가를 놓쳤다고, 혹은 아침 식사가 준비되었다고, 식었다고, 두 시간 전부터 기다리고 있다고, 다 얼어붙었다고 그들에게 알려 주고 싶어 했다⋯⋯ 그리고 그녀의 눈에 그 무엇보다 한심하고, 멍청하고, 가증스럽고, 추악하고, 그 무엇보다도 명백하게 저열성과 유약성을 드러내는 표지(標識)는 아침 식사를 식게 놔두고 기다리게 하는 것인 듯했다.

입문한 자들, 아이들은 급히 서둘렀다. 다른 이들, 그런 만사에 소홀하거나 무신경한 사람들은 이 집에서 그것이 지닌 권능을 모른 채 극히 예사롭고 상냥한 어조로 공손하게 대답했다. "감사합니다. 걱정하지 마세요. 좀 식은 커피도 잘만 마신답니다." 이런 사람들, 이 국외인들에게 그녀는 감히 뭐라고 할 수 없었고, 그 단 한 마디 말, 상냥하게, 무신경하게, 손등으로 치우듯, 그녀에 대해 생각해 보지도 않고, 단 한 순간도 그녀와 머물러 주지 않고 그녀를 밀어내는 그들의 그 공손한 짧은 한 마디만으로 그녀는 그들을 작정하고 미워했다.

만사! 만사! 그건 그녀의 힘이었다. 그녀가 지닌 힘의 원천. 그녀는 이 도구를 본능적이고 틀릴 리 없으며 확실한 자기만의 방식으로 부려 썼다, 승리하기 위해, 진압하기 위해.

그녀 가까이에서 살 때 사람들은 만사의 죄수가 되었고, 만사를 짊어지고 만사의 노예가 되어 바닥을 기었고, 무겁고 서글프게, 끊임없이 염탐당하면서 만사에 쫓겨 내몰렸다.

만사. 물건들. 초인종 울리는 소리. 무신경하게 굴어선 안 될 만사. 기다리게 해선 안 될 사람들. 그녀는 휘파람을 불어서 어느 때든 그들을 향해 사냥개 무리가 달려들게 하듯 만사를 부렸다. "종이 울려요! 종이 울려요! 서두르세요. 빨리, 빨리, 밖에서 기다리잖아요."

각자의 방에 틀어박혀 숨어 있을 때조차 그녀는 그들을 펄쩍 일어나게 했다. "부르잖아요. 도대체, 들리지가 않나요? 전화요. 문이요. 어디서 외풍이 드는데. 문을 안 닫았잖아요, 현관문을!" 문이 한 번 덜컹거렸었다. 창문이 한 번 덜거덕거렸었다. 외풍이 한 줄기 방을 가로질렀었다. 서둘러야 했다, 빨리, 빨리, 들볶이고, 떼밀리고, 안달하며, 모든 걸 버려두고, 바삐 서둘러 부려질 채비를 갖춰야 했다.

7

 저이 앞에선 특히 안 된다, 저이 앞에선 말고, 나중에, 저이가 없을 때, 지금은 말고. 저이 앞에서 그걸 얘기하는 건 너무 위험한, 너무 점잖지 못한 노릇일 터.
 그녀는 어귀를 지켰고, 그가 듣지 못하도록 끼어들었고, 끊임없이 나서서 말을 했고, 그의 주의를 돌리려고 애썼다. "경제 위기…… 게다가 점점 더 심해지는 실업 문제가 있다. 물론이다, 저이가 보기엔 분명했다, 저이는 그런 것들을 워낙 잘 알았으니까…… 하지만 그녀는 몰랐다…… 그야 사람들이 해 주는 이야기를 듣기는 했다…… 하지만 저이가 옳았다, 잘 생각해 보면, 모든 게 그리도 분명하고 그리도 단순해졌는데…… 신기했다, 허다한 호인들이 순진하게 구는 모습을 보고 있자면 가슴이 아팠다." 모든 게 순조로웠다. 그는 만족스러워 보었다. 차를 마시면서 그는 관대한 어조로 설명을 했고, 스스로에 대한 확신에 차 있었고, 그러면서 이따금씩, 뺨을 밀어 올리고 혀로 치아 옆쪽을 문질러 음식 찌꺼기를 빼내면서 독특한 소리를 내기도 했다. 일종의 휘파람 소리, 그에게서 나는 그 소리엔 언제나 만족스러운, 태평한 음색이 가볍게 어려 있었다.

그러나 가끔은, 그녀가 기울이는 온갖 노력에도 불구하고, 한순간 침묵이 생겨났다. 누군가가 그녀를 향해 몸을 돌리면서 반 고흐의 작품을 보러 갔는지 물었다.

"그럼, 그럼, 물론이다, 그 전시를 보러 갔다(별일 아니었다, 그는 신경 쓰지 않았을 것이다, 별일 아니었다, 이 모든 걸 그녀는 손등으로 치우듯 쓱 밀쳐놓을 것이었다), 뭘 해야 할지 도무지 알 수 없는 그런 일요일 오후, 거기에 갔다. 물론이다, 참 좋았다."

충분하다, 이제 충분하다, 거기서 멈춰야 했다, 그래, 이 사람들은 아무것도 못 느끼는가, 저이가 있음을, 저이가 듣고 있음을 모르는가. 그녀는 겁이 났다…… 그러나 그들은 신경 쓰지 않았고, 그저 이어 갔다.

어디, 그들이 고집을 부리니까, 그녀로선 그들을 말릴 수 없으니까 — 그들이 저들을 들여오도록 놔둬 보자. 저들에겐 안 됐지만 할 수 없지, 잠깐 들어오라고 하자, 반 고흐, 위트릴로, 기타 등등. 그녀는 저들 앞에 서서 저들을 좀 가려 보려고 노력했다, 그들이 너무 나아가지 않게끔, 가능한 한 조금만 가게끔, 자, 살살, 저들이 벽을 따라 고분고분하게 게걸음으로 지나가게끔, 자, 자, 별거 아니다, 그는 담담하게 저들을 지켜볼 수 있다. 위트릴로는 취해 있었고, 생트안 병원에서 나온 지 얼마 되지 않은 참이었고,[1] 반 고흐는…… 아, 그녀는 천금을 걸고 내기해도 좋다, 반 고흐가 그 종이에 뭘 담았는지 저이는 절대 짐작하지 못할 것이다, 반 고흐는 그 종이에…… 자기의 잘린 귀를 담았다! "귀 잘린 남자", 물론 저이는 그걸 알고 있었나? 요즘 사방에서 보이니까. 자 그렇다. 그게 다였다. 저이가 역정 나지는 않았나? 자리에서 일어나 난폭하게 그녀를 떼밀고, 저들을 짓밟고, 수치스러워하며 시선을 돌리고, 고약한 입술을 흉측하게 말아 올리지 않을 것인가?

아니, 아니다, 그녀의 걱정은 빗나갔다. 그는 관대했고, 재미있어했다. 뺨을 밀어 올리면서 그는 가벼운 휘파람 소리를 냈고, 그의 눈 깊은 곳에서는 여전히 그 유쾌한 그림자가, 확신과 감미로운 안전감과 만족의 평안함을 드러내는 그 미광이 보였다.

---

[1] 프랑스 화가 모리스 위트릴로(Maurice Utrillo, 1883~1955)는 알코올 중독 치료를 위해 열여덟 살부터 평생 동안 십여 차례에 걸쳐 생트안 병원을 비롯해 여러 병원에 입원했다가 퇴원하기를 반복했고, 알코올 중독을 치료하기 위한 대중 요법으로 어머니 쉬잔 발라동(Suzanne Valadon, 1865~1938)의 지도를 받아 그림을 그리기 시작했다고 알려져 있다.

8

 싱그럽고 어린 존재들, 순진무구한 존재들과 함께 있을 때 그는 고통스러운, 뿌리칠 수 없는 욕구를 느꼈다. 자신의 초조한 손가락으로 그들을 주무르고 싶었고, 그들을 만지고 싶었고, 그들을 자기 곁에 최대한 바짝 끌어 붙이고 싶었고, 그들을 자기 것으로 만들고 싶었다.

 그들 중 하나와 외출하게 될 때, 그들 중 하나를 데리고 "산책"을 나가게 될 때, 그는 길을 건널 때마다 자신의 뜨겁고 끈적한 손으로 그들의 작은 손을 꽉 붙들면서, 그러나 그 작디작은 손가락들을 짓뭉개지 않도록 자제하면서, 한없이 신중하게 왼쪽 그다음에는 오른쪽을 살피면서 그들이 지나갈 겨를이 있는지 확인했고, 자동차가 오지 않는지 잘 보았고, 그의 작은 보물, 귀여운 그의 어린애, 그가 책임진 그 살아 있고 보드랍고 순순한 작은 것이 짓뭉개지는 일이 없도록 만전을 기했다.

그리고 길을 건너면서 그는 아이에게 가르쳐 주었다, 오래 기다려야 한다고, 아주 조심해야 한다고, 조심 또 조심해야 한다고, 특히나 표지병이 박혀 있는 횡단보도를 건널 때는 무척 조심해야 한다고, 왜냐면 "까딱 잘못하기만 해도, 일 초만 한눈을 팔아도 사고란 충분히 일어날 수 있기 마련"이니까.

그리고 또 그는 자기 나이에 대해, 자신의 많은 나이와 자신의 죽음에 대해 그들에게 즐겨 말했다. "너 할아버지가 없어지면 어떨 것 같니, 할아버지는 없을 거란다, 네 할아버지 말이야, 왜냐면 할아버지는 늙었거든, 알겠니, 굉장히 늙었단다, 그는 이제 곧 죽을 때를 맞을 거야. 죽으면 어떻게 되는지 아니? 할아버지, 너의 이 할아버지한테도 엄마가 있었단다. 아아! 할아버지 엄마는 지금 어디 있지? 아아! 아! 엄마는 지금 어디 있을까, 우리 아기? 엄마는 돌아가셨어, 할아버지한텐 이제 엄마가 없단다, 오래전에 죽었지, 할아버지 엄마는 말이야, 가 버리셨단다, 이제는 없어, 할아버지 엄마는 죽었어."

대기는 부동이었고 회색빛이었고 아무런 냄새도 나지 않았다. 주택들은 길 양편으로 솟아 있었고, 그들이 서로 손을 잡고 천천히 보도를 따라 나아가는 동안 판판하고 앙다물린 음울한 주택 덩어리들이 그들을 둘러쌌다. 그리고 아이는 무엇인가에 눌려 감각이 멍멍해지고 있음을 느꼈다. 말랑말랑하고 숨 막히는 덩어리, 아이가 어찌할 도리 없이 빨아들이게 되는 것, 가만히 단단하게 죄어 눌리고 코가 살짝 꼬집혀서 저

항할 도리 없이 삼키게 되는 것 — 그것이 아이를 헤집고 들어왔다, 아이가 온순하게 손을 맡기고 매우 분별 있게 고개를 끄덕여 보이며 가만히 얌전하게 걸어가면서 표지병 박힌 횡단보도를 건널 땐 늘 얼마나 신중을 기해야 하는지, 먼저 오른쪽을 다음에는 왼쪽을 얼마나 잘 살펴야 하는지, 사고란 무서운 것임을 알고 얼마나 조심 또 조심해야 하는지 설명을 듣는 동안.

9

그녀는 안락의자 한 구석에 웅크린 채 몸을 꼬고 있었다. 쑥 뺀 목, 튀어나온 두 눈. "그래, 그래, 그래, 그래." 그녀는 말했고, 문장 마디마다 고개를 끄덕이며 동의를 표했다. 그녀는 무서웠다, 부드럽고 납작했으며, 온통 매끈했고 두 눈만이 튀어나와 있었다. 그녀에게는 뒤숭숭한, 조마조마한 뭔가가 있었고 그녀의 부드러움은 위협적이었다.

그는 무슨 짓을 해서라도 그녀를 바로 세워야 한다고, 달래야 한다고, 하지만 초인적인 힘을 지닌 사람만이 그 일을 할 수 있으리라고 느꼈다. 그 자리에서, 안락의자에 딱 앉아 굳게 자리 잡고 그녀를 마주하며 머무를 용기를 지닌 사람, 침착하게 감히 그녀를 바라보고, 제대로 정면에서 그녀의 시선을 포착하고, 몸을 꼬는 그녀에게서 눈 돌리지 않을 사람. "그래 어떻게, 잘 지내시나요?" 그 사람은 감히 이런 걸 물을 것이다. "그래, 몸은 어떠신가요?" 그녀에게 감히 말할 것이고 — 그러고 나선 기다릴 것이다. 그녀가 말하기를, 그녀가 반응하기를, 그녀가 스스로를 드러내기를, 그것이 나오기를, 그것이 드디어 터져 나오기를 — 그는 그걸 겁내지 않을 것이다.

하지만 자기에게는 그럴 힘이 절대 없을 터였다. 그러므로 가능한 한 오래 그걸 붙들어 두어야 했고, 그것이 나오지 않게, 그녀에게서 그것이 튀어나오지 않게 해야 했고, 그것을 그녀 속에 억눌러 놓아야 했다. 어떤 대가를 치르든, 무슨 수를 써서라도.

하지만 그게 뭐길래? 그것이 무엇이었나? 그는 겁이 났고, 미칠 지경이었고, 따져 보고 생각해 보는 일에 단 일 분도 허비할 수 없었다. 그래서 언제나처럼 그녀를 보자마자 그 배역에 뛰어들었는데, 그가 보기에는 그녀가 억지 힘으로, 위협으로 자기를 그 배역 속에 몰아넣은 것이었다. 그는 얘기하기 시작했고, 쉼 없이, 누구에 대해서건, 무엇에 대해서건 얘기했고, (음악 앞의 뱀처럼? 보아뱀 앞의 새처럼? 그는 더 이상 알 수 없었다) 얼른 버둥거렸고, 얼른, 쉬지 않고, 단 일 분도 허비하지 않고 얼른, 얼른, 시간이 나할 때까지 그녀를 붙들이 두려 했고 그녀를 구슬리려 했다. 얘기한다, 하지만 무엇에 대해? 누구에 대해? 자기에 대해, 아무렴, 자기에 대해, 자기 친지들에 대해, 자기 친구들에 대해, 자기 가족들에 대해, 그들의 사정에 대해, 그들의 말썽에 대해, 그들의 비밀에 대해, 감추는 편이 나을 모든 것, 하지만 그것이 그녀의 흥미를 끌 수 있을 테니까, 그것이 그녀를 만족시킬 수 있을 테니까 그는 주저할 수 없었다. 그것을 그녀에게 말해야 했고 모든 것을 그녀에게 말해야 했고 전부 발가벗어야 했고 모든 것을 그녀에게 내주어야 했다, 그녀가 거기, 안락의자 한구석에 웅크린 채 온통 부드럽게, 온통 납작하게, 몸을 꼬고 있는 한.

10

 오후 중에 그녀들은 집 밖에서 만나 여자들의 삶을 누렸다. 아, 그 삶은 특별했다! 그녀들은 "티 살롱"에 갔고, 조금 식도락가 같은 분위기를 내며 섬세하게 고른 케이크들을 먹었다. 초콜릿 에클레르, 바바, 타르트.
 주위 사방은 하나의 새장, 재잘거리고, 따뜻하고, 빛과 장식으로 발랄했다. 그녀들은 거기, 그녀들의 작은 탁자 주위에 바짝 붙어 앉아 머물렀고, 얘기를 했다.
 그녀들 주위로 한 줄기 흥분, 활기의 기류가 흐르곤 했다. 즐거움으로 가득한 소소한 걱정이 있었고 어려웠던, 여전히 좀 미심쩍은 선택의 추억이 있었고(이게 청회색 수트와 어울릴까? 아냐, 정말이지 아주 멋질 거야), 변신, 그들 개성의 저 급격한 고양, 그 광채에 대한 전망이 있었다.

그녀들, 그녀들, 그녀들, 그녀들, 언제나 그녀들, 게걸스러운, 재잘거리는, 섬세한 그녀들.

그녀들의 얼굴은 일종의 내적 긴장으로 빳빳해진 듯했고, 그들의 무심한 눈은 사물의 겉모습 위로, 가면 위로 미끄러지면서 한순간 그것을 들어 가늠했다가(저건 예쁜가, 흉한가?) 잠자코 내려놓았다. 분가루가 그녀들에게 단단한 광채를, 삶 없는 싱싱함을 선사했다.

그녀들은 티 살롱에 가곤 했다. 몇 시간 동안, 오후가 모조리 흘러가는 동안, 그녀들은 거기 앉아 머물렀다. 그녀들은 얘기했다. "그들 사이에선 딱한 광경들이 벌어져요, 아무것도 아닌 걸 갖고 옥신각신하고요. 모든 걸 놓고 보자면 그래도 나로선 그 남자가 불쌍하다고 말해야겠어요. 얼마나 되냐고요? 최소 이백만은 되죠. 그것도 조제핀 숙모 유산만요…… 아니에요…… 어쩌겠어요? 그는 그 여자랑 결혼하지 않을 거예요. 그 남자한테 필요한 건 집에 붙어 있는 여자인데, 그 남자가 그 점을 깨닫지 못하는 거예요. 아니죠, 제가 장담해요. 그 남자한테 필요한 건 집에 붙어 있는 여자예요…… 집에 붙어 있는…… 집에 붙어 있는……." 그건 그녀들이 언제나 들어 온 얘기였다. 그것, 그렇게 얘기되는 것을 그녀들은 언제나 들어 왔고, 그것에 정통했다. 감정, 사랑, 삶, 그것이야말로 그녀들의 영역이었다. 그건 그녀들에게 속해 있었다.

그리고 그녀들은 얘기했다. 언제나, 똑같은 것들을 반복해서, 그것들을 뒤집어 가며, 그다음엔 또 뒤집어 가며, 한편으로 그다음엔 다른 한편으로, 그녀들의 손아귀로 그것들을 치대고, 치대고, 굴려 가며 얘기하는 것이었다, 그녀들의 삶(그녀들이 "삶"이라고 부르는 것, 그녀들의 영역)에서 그녀들이 뽑아낸 그 보람 없고 한심한 재료를 치대고 쭉 늘이고 굴려서 그녀들의 손아귀에 든 그것이 조그만 덩어리, 기어이 조그만 회색빛 반죽 하나로 남을 때까지.

11

그녀는 비밀을 알아냈다. 만인을 위한 진정한 보물임에 틀림없는 것이 숨겨진 곳의 냄새를 맡아 냈다. 그녀는 "가치별 등급"을 숙지하고 있었다.

그녀에게 모자 모양이라든지 양장점 '레몽'의 직물 원단에 관한 대화란 있을 수 없는 일이었다. 그녀는 각진 구두코를 깊이 경멸했다.

쥐며느리처럼 그녀는 은근슬쩍 그들 쪽으로 기어들어 갔고, 약삭빠르게 "진짜 중의 진짜"를 찾아냈다. 숨겨져 있던 크림 단지를 끌어내 놓고 주둥이를 핥으며 눈을 감는 암고양이처럼.

이제 그녀는 알았다. 그녀는 거기 매달릴 것이다. 이제는 그녀를 거기서 몰아낼 수 없을 것이다. 그녀는 귀를 기울였고 탐

닉하며, 향락적으로, 지독하게 빨아들였다. 그들에게 속한 그 무엇도 그녀에게서 벗어날 수 없었다. 미술 갤러리들, 출간되는 온갖 책들······ 그녀는 이 모든 것을 숙지하고 있었다. 시작은 "연보"[2]였고, 지금은 지드를 향해 미끄러져 가는 참이었고, 이제 곧 "진리 추구 연합"[3]에 가서 강렬하고 걸신들린 눈으로 필기를 할 것이었다.

그녀는 이 모든 것 위로 쏘다녔고, 사방으로 냄새를 쫓아다녔고, 각진 손톱의 손가락으로 모든 것을 들춰냈다. 어디선가 그 얘기가 어렴풋하게라도 나온다 싶으면 그녀는 즉시 눈에 불을 밝히면서 탐욕스레 목을 뺐다.

이에 그들은 형언할 수 없는 혐오감을 느꼈다. 이걸 그녀에게 감추자 — 얼른 — 그녀가 냄새를 맡기 전에 옮겨 놓자, 그녀에게 닿아 천해지지 않도록 잘 치워 놓자······. 그러나 그녀는 그들의 술수를 무산시키곤 했는데, 왜냐하면 그녀는 모든

---

[2] 《연보(Annales)》는 뤼시앙 페브르(Lucien Febvre)와 마르크 블로크(Marc Bloch)가 1929년에 창간한 역사 잡지로, 정식 명칭은 《사회 경제사 연보(Annales d'histoire économique et sociale)》이다. 아날학파를 만들어 낸 이 잡지는 당시 지성계의 최신 사조 중 하나였다.
[3] '진리 추구 연합(L'Union pour la Vérité)'은 폴 데자르댕(Paul Desjardins)이 결성한 모임이다. 1892년에 '행동 추구 연합'이라는 이름으로 출발했으나 1905년 드레퓌스 사건을 기점으로 반드레퓌스파와 결렬한 뒤 명칭을 바꾸었다. 정기적으로 담화회를 열어 사회적·정치적·윤리적 현안들을 논의했고, 앙드레 말로(André Malraux), 앙드레 지드(André Gide), 로제 마르탱 뒤 가르(Roger Martin du Gard), 자크 리비에르(Jacques Rivière), 앙드레 모루아(André Maurois) 등 유명 인사뿐만 아니라 다수의 일반 청중도 그 행사에 참여하곤 했다.

걸 숙지하고 있었기 때문이다. 샤르트르 대성당을 그녀에게 감출 수 없었다. 그녀는 그에 관한 모든 것을 알고 있었다. 그것에 대한 페기[4]의 생각을 이미 읽었던 것이다.

아무리 비밀스럽고 후미진 구석빼기라도, 아무리 훌륭하게 가려 놓은 보물이라도, 그녀는 탐욕스러운 손가락들로 뒤져 파냈다. "지성" 전체. 그것이 필요했다. 그녀에게. 그녀에게는 그랬다, 이제 그녀는 사물들의 진정한 가치를 알기 때문이다. 그녀에게는 지성이 필요했다.

이처럼 그들은 허다했다. 그녀처럼 목마르고 인정사정없는 기생충들, 출간되는 평문들에 달려드는 거머리들, 도처에 달라붙은 달팽이들, 그들은 랭보 구석구석에 진액을 흘려 놓으면서, 말라르메를 빨아먹으면서, 『율리시즈』나 『말테의 수기』를 서로에게 건네면서 비루한 이해력으로 그것들을 끈적끈적하게 만들었다.

"너무 아름다워", 그녀는 이렇게 말하며 순결하고 영감 가득한 투로 두 눈을 떴고, 그 속에서는 그녀가 불붙인 "신성의 불티"가 타고 있었다.

---

4) 프랑스 시인 샤를 페기(Charles Péguy, 1873~1914)가 1913년에 출판한 『노트르담의 태피스트리(Tapisserie de Notre-Dame)』에는 「샤르트르 노트르담 성당에 바쳐진 보스 평야」, 「샤르트르 대성당에서 올린 다섯 기도」 등의 시가 실려 있다.

12

콜레주 드 프랑스에서 아주 인기가 좋은 강의를 하면서 그는 이 모든 것을 재미있게 가지고 놀았다.

그는 전문가적 손짓의 품위를 유지하면서 가차 없고 노련한 손으로 프루스트나 랭보의 이면을 들춰내는 일을 즐겼고, 경청하는 청중의 눈앞에 이른바 그들의 기적과 그들의 신비라는 것을 펼쳐 보이며 그들의 "사례"를 설명했다.

예리하고 짓궂은 작은 눈, 흠잡을 데 없는 넥타이와 각진 턱수염을 갖춘 그는 광고 전단지에 그려진 '신사'와 굉장히 비슷했다. 손가락을 들고 미소 지으며 "사포나이트 — 확실한 세제"를, 혹은 "샐러맨더식 벽난로: 경제성, 안전성, 편의성"을 추천하는 신사.

"아무것도 없습니다." 그의 말이었다. "아시겠습니까. 내가 직접 보고 확인한 겁니다. 남들에게 내 말을 믿으라고 하기를 좋아하지 않으니까요, 내가 직접 백 번이고 천 번이고 임상적으로 고찰하고 목록화하고 설명해 본 것이 아니라면 말입니다."

"그들이 여러분을 뒤흔들어선 안 되지요. 자, 그들은 내 손안에 있습니다. 벌벌 떠는 발가벗겨진 아이들처럼요. 이렇게 여러분 앞에서 그들을 내 손아귀에 붙들고 있으니 마치 내가 그들의 창조자, 그들의 아버지가 된 것 같군요. 내가 여러분을 위해 그들의 권능과 그들의 신비를 비워 냈습니다. 그들 속에 있던 기적적인 것을 쫓아가서 혼내 줬습니다."

"이제 그들은 저 똑똑한 치들과 별로 다르지 않지요, 내게 찾아와서 끝없이 이야기를 늘어놓으며 내가 보살펴 주고 인정해 주고 안심시켜 주기를 바라는 저 신기하고 재미있는 미치광이들 말입니다."

"여러분은 이제 감동할 수 없습니다. 감동이라고 해 봤자, 내 딸들이 제 엄마의 응접실에 친구들을 초대해 놓고, 그 옆방에서 내가 환자들에게 들려주는 말은 세상 모른 채, 상냥하게 수다 떨고 웃으면서 느끼는 감동보다 더 클 수는 없습니다."

이렇게 그는 콜레주 드 프랑스에서 강론을 펼쳤다. 그리고 주위 어디에서나, 가까운 대학교들에서, 문학과 법과 역사와 철학 수업들에서, 학사원에서, 법원에서, 버스와 지하철 안에서, 온갖 행정 관리 부서들에서 양식 있는 인간, 정상적인 인간, 활동적인 인간, 품위 있고 건강한 인간, 강한 인간이 승리하고 있었다.

예쁜 물건들로 가득한 상점들, 쾌활하게 총총 걷는 여자들, 카페 웨이터들, 의대 학생들, 중개인들, 공증 사무소 직원들을 피해, 삶에서 뿌리 뽑히고 삶 바깥으로 내던져지고 버팀목을 잃은 랭보나 프루스트는 하염없이 거리를 방황해야 했고, 아니면, 먼지 풀썩이는 어느 작은 공원에서 머리를 가슴에 떨구고 졸아야 했다.

13

 진열창을 따라 걷는 그녀들이 보였다. 무척 꼿꼿한 상반신을 살짝 앞으로 기울이고, 뻣뻣한 두 다리를 조금 띄우고, 몹시 높은 굽 위에 휘어져 얹힌 작은 발로 보도를 굳세게 두드리며 걸어갔다.
 팔에 낀 그녀들의 가방, 그녀들의 가죽 장갑, 머리 위에 한결같이, 딱 알맞은 정도로 비스듬하게 얹은 그녀들의 자그만 "비비" 모자,[5] 볼록한 눈꺼풀 속에 박힌 길고 뻣뻣한 그녀들의 속눈썹, 그녀들의 굳센 두 눈, 그녀들은 상점을 따라 총총 걷다가 돌연하게 멈춰 서서 갈망이 깃든 정통한 눈으로 구석

---

5) 비비(bibi)는 우아한 스타일의 작은 여성용 모자로, 핀이나 보이지 않는 끈을 이용하여 한쪽으로 기울어지게 고정시켜 착용한다.

구석을 뒤졌다.

실로 대담무쌍했다, 무척이나 강인한 그녀들은 며칠 전부터 "단출한 스포츠 정장 한 벌"을 쫓아 상점 곳곳을 누벼 달렸으니까. 요컨대 패턴이 들어간 트위드, "이렇게 생긴 작은 패턴이에요, 저는 딱 알겠는데요, 회색이랑 청색으로 자잘한 체크가 들어간…… 아! 없다고요? 어디서 찾을 수 있을까요?" 그러고는 그녀들의 달음질이 다시 시작되는 것이었다.

단출한 청색 정장…… 단출한 회색 정장…… 긴장된 그녀들의 두 눈은 그것을 쫓아 구석구석을 뒤졌다…… 조금씩 그것은 그녀들을 더 세게 죄어들었고, 절박하게 그녀들을 사로잡았고, 없어서는 안 될 것이 되었고, 목적 자체가 되었고, 이제 그녀들은 까닭을 알 수 없었으나 어떤 대가를 치르더라도 그것을 손에 넣어야 했다.

그녀들은 나아갔고, 총총걸음으로, 용감하게(이제 무엇도 그녀들을 멈출 수 없을 터) "영국 트위드를 취급하는 전문 업소들, 거기라면 그걸 확실히 찾아낼 수 있을" 곳으로 어두운 계단을 5층까지 아니면 6층까지 기어올랐다. 그리고 좀 짜증스럽게(그녀들은 지치기 시작했고, 용기를 잃어 갔고) 애원했다. "아니에요, 아니에요, 뭘 말하는지 아시잖아요, 이렇게 생긴 자잘한 체크예요, 대각선 줄무늬가 들어가 있고…… 아니에요, 그게 아니에요, 이건 전혀 그게 아니에요…… 아! 없다고요? 그럼 어디서 구할 수 있을까요? 다 돌아봤는데요…… 아! 거기라면 아마? 그렇게 생각하세요? 좋아요, 거기 가 보겠어요…… 안녕히 계세요…… 네, 정말이지 아쉬워요, 네, 다음에 뵙죠……."

그러고는 어찌 되었든 간에 사랑스럽게 미소 지었다, 바르게 키워진 그녀들이기에, 오래전부터 그녀들의 어머니들과 함께 "젊은 아가씨한테 필요한 건 벌써 너무 많으니 잘 맞춰 갈 줄 알아야 한다"며 조합을 위해, "별것 아닌 걸로 차려입기 위해" 달려 누빌 때부터 훌륭하게 훈련된 그녀들이기에.

14

그녀는 언제나 입을 다문 채 멀찌감치 자리 잡고 겸허하게 숙인 자세로, 밖으로 두 코 이제 안으로 세 코 그다음엔 이제 한 줄 전체를 밖으로, 나지막하게 셈하면서 그토록 여자답게, 그토록 은연하게 있었지만(신경 쓸 것 없어요, 나는 이대로 아주 편해요, 나를 위해선 아무것도 요구하지 않는답니다), 그럼에도 그들은 그녀의 존재를 끊임없이, 마치 자기들의 육체 어딘가 민감한 곳에 놓여 있는 듯 느꼈다.

언제나 그녀를 향해 촉각을 곤두세우고, 마치 홀린 듯이, 그들은 겁에 질려 단어 하나하나를, 가볍디가벼운 억양이며 미묘하기 그지없는 뉘앙스를, 제스처 하나하나와 시선 하나하나를 살폈다. 그들은 까치발로 다니면서 조금만 소리가 나도 돌아섰는데, 부딪혀선 안 되는 지점들, 스치는 것조차 안 되는 위험한 지점들, 신비로운 지점들이 도처에 있음을 알았기 때문이다. 살짝만 닿아도 종방울들이, 호프만의 무슨 콩트에서처럼, 그녀의 순결한 목소리처럼 음색 낭랑한 수천 개의 종방울들이 — 뒤흔들리게 될 것이었다. 하지만 아무리 신중을 기하고 노력을 해도, 램프 불빛 아래 침묵을 지키는 그녀, 움직이는 빨판들로 온통 뒤덮인 연약하고 나긋나긋한 수중 식물 같은 그녀를 볼 때면 그들은 종종 미끄러진다고, 자기들의 무게를 고스란히 싣고 나동그라지면서 모든 것을 완전히 깔아뭉개 버린다고 느꼈다. 그것이 그들에게서 튀어나오는 것이었다. 바보 같은 농담, 빈정거림, 잔혹한 식인 이야기들, 그것이 튀어나오고, 터지고, 그들은 그걸 억제할 수 없었다. 그러면 그녀는 나긋나긋하게 수그러들면서 — 아이! 너무 끔찍했다! — 자신의 작은 방을, 그 소중한 피난처를 생각했다. 이제 곧 그녀는 거기로 돌아가서 침대 바닥 깔개에 무릎을 꿇고, 목둘레에 주름이 잡힌 무명 슈미즈에 싸여 그토록 아이같이, 그토록 순수하게, 리지외의 작은 꽃 테레사 성녀처럼, 카타리나 성녀, 블란디나 성녀처럼······6) 자기 목에 걸린 가느다란 금 사슬 줄을 손에 쥐고 그들의 죄를 위해 기도할 것이었다.

---

6) 카타리나 성녀는 문맥상 소녀들의 수호 성녀 알렉산드리아의 카타리나(Catherine d'Alexandrie, ?~307?)로 추측된다. 리옹의 블란디나 성녀(Blandine de Lyon, 162~177)는 야수 무리 속에서도 살아남은 것으로 유명하다. 리지외의 테레사(Thérèse de Lisieux, 1873~1897)는 열다섯 살에 수녀원에 입회하여 스물네 살의 나이로 요절했으며 '예수의 작은 꽃' 또는 간단히 '작은 꽃' 테레사라는 별칭으로 불린다.

또 가끔은, 모든 게 너무나 잘되어 갈 때, 그토록 좋아하는 문제들 중 하나에 이야기의 화제가 가까워지고 있음을 느끼며 벌써 솔깃해진 그녀가 털실 뭉치처럼 동그랗게 몸을 말 때, 그런 이야기가 솔직하고 진지하게 오갈 때, 그들은 광대처럼 휙 돌아 잽싸게 빠져나가면서 얼굴을 늘어뜨려 백치 같은, 끔찍한 미소를 짓는 것이었다.

15

그분 같은 노신사들이 그녀는 그렇게도 좋았다. 그분들과는 얘기가 통했고, 그분들은 그토록 많은 것들을 이해해 주었고, 인생을 알았고, 굉장한 사람들과 교제를 나눠 왔다.(그녀는 그분이 펠릭스 포르의 지인이었다는 것, 외제니 황후의 손에 입 맞춘 적이 있다는 것7)을 알고 있었다.)

그분이 자기 부모님 집으로 저녁 식사를 하러 올 때, 사뭇 아이같이, 사뭇 깍듯하게(그분은 너무나 박식하시니까), 약간 소심하게, 하지만 들떠 하면서(그분의 의견을 들으면 배울 것이 너무나 많을 테니까), 그녀는 가장 먼저 거실에 가서 그분의 말벗

---

7) 외제니 황후는 나폴레옹 3세의 부인이었던 외제니 드 몽티조(Eugénie de Montijo, 1826~1920)를 가리킨다. 펠릭스 포르(Félix Faure, 1841~1899)는 3공화국의 제7대 대통령으로, 1895년에 당선되어 임기 중에 사망했다.

노릇을 했다.

그분은 힘겹게 일어났다. "보자! 아가씨군요! 그래, 잘 지내나요? 어떻게 지내나요? 지금은 뭘 하지요? 올해는 무슨 근사한 일을 하나요? 아! 다시 영국으로 돌아간다고? 아, 그래요?"

그녀는 거기로 돌아간다. 정말이지 그녀는 그 나라가 너무나 좋았다. 영국인들이란, 일단 알게 되기만 하면······.

그런데 그분은 말을 막았다. "영국이라······ 셰익스피어? 음? 음? 셰익스피어. 디킨스. 기억이 나는군요, 자, 나는 젊었을 때 디킨스 번역에 재미를 붙였죠. 새커리. 새커리를 아나요? 새······ 새······ 영국인들이 이렇게 발음하나요? 음? 이게 맞나요? 이렇게 말하는 게 맞나요?"

그분은 그녀를 욱여 잡았고, 그녀를 통째로 자기 손아귀에 붙들고 있었다. 조금 다리를 떨면서, 허공에 작은 발을 흔들며 서투르게 버둥대면서, 유치하게, 그러나 여전히 사랑스럽게, 미소 짓는 그녀를 그분은 지켜보았다. "예. 맞는 것 같아요. 예. 제대로 발음하시고 있어요. 그게 그 th 발음이죠. 새······ 새커리······ 예, 그거에요. 당연한 말이지만, 저는 『허영의 시장』을 알아요. 맞아요, 그건 그 사람 작품이죠."

그분은 그녀를 좀 더 제대로 살피고자 조금씩 돌려 보았다. "허영의 시장? 허영의 시장? 아, 그런가요, 확실한가요? 허영의 시장? 그게 그 사람 작품인가요?"

그녀는 연신 가만가만 안달했고, 여전히 작고 공손한 미소를, 간청하는 기대의 표정을 지우지 않았다. 그분은 차츰 더욱 조여들었다. "어디로 해서 갔나요? 두브르[8] 해협으로? 칼레

해협으로? 도버? 음? 도버로? 맞나요? 도버?"

빠져나갈 방법이 없었다. 그분을 말릴 방법이 없다. 그렇게나 읽은 것이 많은 그녀가…… 그렇게나 많은 것들을 생각해 온 그녀가…… 그분은 정말 매력적일 수 있었는데…… 별로 안 좋은 날이, 괴상한 기분이 그분을 덮친 것이었다. 그분은 사정없이, 쉴 새 없이, 이어 갈 참이었다. "도버, 도버, 도버? 음? 음? 새커리? 음? 새커리? 영국? 디킨스? 셰익스피어? 음? 음? 도버? 셰익스피어? 도버?" 그러는 동안 그녀는 가만가만 벗어나려 애쓰지만, 그분을 불쾌하게 할 수도 있는 거친 움직임은 감히 취할 수 없고, 다만 아주 조금 흐려진 작은 목소리로 존경을 담아 대답할 것이었다. "예, 도버예요. 맞아요. 그쪽으로 자주 여행을 하셨겠지요? ……제 생각엔 두브르로 가는 게 더 편한 것 같아요. 예, 그게 맞아요……. 도버요."

그녀의 부모님이 오고 있음을 알아차릴 때에야 그분은 원래대로 돌아와 손아귀의 힘을 풀 것이었고, 그러면 그녀는 약간 발개져서, 약간 흐트러져서, 예쁜 드레스가 약간 구겨진 채로, 드디어 그분의 심기를 거스를지 모른다는 걱정 없이 감히 빠져나갈 것이었다.

---

8) 두브르(Douvres)는 도버(Dover)의 프랑스식 명칭이다.

16

 이제 그들은 늙었고, 완전히 닳았고, "부지런히 쓰이고 제 기한을 채워서 임무를 완수한 낡은 가구들" 같았고, 그래서 가끔 (그들 딴에는 애교로) 체념과 안도감이 가득한, 삐걱거림과도 같은 일종의 건조한 한숨을 내쉬었다.
 봄날의 온화한 저녁이면, 그들은 함께 산책을 나갔다. "청춘이 지나간 이제, 열정들이 다한 이제" 그들은 평온하게 산책을 하러 나갔고, "몸을 누이기 전에 바람 좀 쐬려고" 카페에 앉아 잡담을 하면서 잠시 한때를 보내곤 했다.
 아주 조심스럽게 그들은 아늑한 구석 자리를 골랐고("여기는 안 돼, 외풍이 지나가니까. 저기도 안 돼, 화장실 바로 옆이니까"), 자리에 앉았고 —"아! 이놈의 늙은 뼈마디들, 늙어 가는 거지. 아! 아!"— 삐걱거리는 소리를 흘렸다.

홀에는 때가 탄 냉랭한 광채가 어려 있었다. 웨이터들은 너무 빠르게, 조금 거칠게, 무신경하게 돌아다녔고, 거울들은 구겨진 얼굴들과 깜빡이는 눈들을 매섭게 비춰 보였다.

그러나 그들은 아무것도 더 요구하지 않았다. 이것이었다. 그들은 그 점을 알았다. 아무것도 기다려선 안 되고, 아무것도 요구해선 안 되고, 그렇게 되어 있는 것이고, 더는 아무것도 없었고, 이것이었다, "삶"이란.

다른 무엇도, 더는 무엇도 없다, 여기 아니면 저기, 그들은 이제 그 점을 알았다.

거스르고, 꿈꾸고, 기다리고, 노력하고, 도망가는 것은 금물이었다, 그저 주의 깊게 선택하고(웨이터가 기다리고 있었다), 석류 시럽으로 할까 아니면 커피로? 크림 있는 걸로 아니면 없이? 살아가기를 겸허하게 받아들이면서 — 여기 아니면 저기 — 시간을 지나 보내야 했다.

17

　날씨가 좋아지기 시작할 때, 공휴일이면 그들은 교외 숲으로 산책을 나갔다.
　덥수룩한 잡목림은 대칭으로 수렴하는 곧은 가로수길의 교차로들에 꿰뚫려 있었다. 성근 풀은 밟혀 눌려 있었고, 그러나 가지 위로는 싱그러운 잎사귀들이 나오기 시작하고 있었다. 잎사귀들은 주변에 그 광채를 약간이나마 퍼트릴 정도도 못 되었고, 마치 병원 병실에서 시큼한 미소를 띠고 햇빛에 얼굴을 찌푸리는 아이들 같았다. 그들은 길 가장자리 아니면 민숭민숭한 빈터에 앉아 점심을 먹었다. 그들은 아무것도 보지 않는 듯했고, 새들의 가냘픈 울음소리, 잘못 돋아난 것 같은 새순, 다져진 풀, 그 모든 것을 그저 거느리고 있었다. 그들이 늘 몸담고 사는 두터운 대기가 여기에서도 그들을 둘러

싸고 있었고, 무겁고 매캐한 증기처럼 그들에게서 솟아오르고 있었다.

그들은 휴식 시간의 동반자로, 혼자 있는 그들의 어린아이를 데려왔다.

장소를 고른 그들이 자리를 잡으려는 모습을 보고, 아이는 제 접이의자를 펴서 그들 옆에 놓았고, 그 위에 웅크려 앉았고, 그런 다음에는 땅바닥을 긁어 마른 잎사귀며 자갈돌을 모아 쌓기 시작했다. 그들의 말소리가 그 허약한 봄의 아슬아슬한 향기와 뒤섞인 채, 모호한 형체들이 아른거리는 그림자들을 가득 싣고서, 아이를 감쌌다. 젖은 먼지와 나뭇진이 만들어 내는 끈끈이처럼, 빽빽한 공기가 아이에게 달라붙었고 아이의 살갗에, 아이의 눈에 엉겨 붙었다. 그들을 두고 멀리 풀밭으로 가서 다른 아이들과 놀라고 일렀지만 아이는 싫다고 했다. 아이는 거기 엉겨 붙은 채 머물렀고, 무엇인지 맥없는 갈망으로 가득 차서, 그들이 말하는 것을 빨아들이고 있었다.

18

 런던 근교, 퍼케일 커튼이 드리워진 코티지 주택, 뒤꼍에 딸린 작은 잔디밭은 온통 비에 젖은 채 볕을 받고 있다.
 단칸 실내의 커다란 유리문은 등나무 줄기들에 둘러싸여 이 잔디밭을 향해 나 있다.
 고양이 한 마리가 꼿꼿하게, 눈을 감고, 뜨거운 돌 위에 앉아 있다.
 백발의 아가씨 한 명이, 약간 보랏빛이 도는 장밋빛 뺨을 하고, 문 앞에서 영국 잡지를 읽는다.
 그녀는 거기 앉아 있다, 빳빳하게, 품위 있게, 그녀 자신을, 또한 다른 이들을 전적으로 확신하며, 그녀의 작은 우주 속에 굳건하게 자리 잡고 있다. 그녀는 몇 분 이내에 티타임 종소리가 울릴 것을 안다.

요리사 아다(Ada)는 아래층, 백색 밀랍 칠이 된 식탁보로 덮인 탁자 앞에서 채소 껍질을 벗긴다. 그녀의 얼굴은 부동, 그녀에게는 아무 생각도 없는 것 같다. 그녀는 이제 곧 "번"을 구워 내고[9] 티타임 종소리를 울려야 할 시간임을 안다.

---

[9] 번(bun)은 우유와 버터에 건포도 등을 가미하여 달콤하게 구운 작은 빵으로, 영국에서는 오후에 홍차를 마실 때 자주 곁들인다.

19

 그는 매끈하고 밋밋했다. 판판한 두 개의 면(面), 하나씩 차례로 내주면 그들이 입술을 내밀어 입맞춤을 내려놓던 그의 두 뺨.

 그들은 그를 잡고 주물럭거렸다. 이리저리 사방으로 돌려 보고, 밟아 다지고, 위에서 구르고, 누워 뒹굴었다. 그들은 그를 빙빙 돌렸다. 그리고 저기로, 그리고 저기로, 그리고 저기로. 그들은 그에게 조마조마한 눈속임들을, 가짜 문들을, 가짜 창문들을 보여 주었고, 그는 순진하게 그쪽으로 내달렸고, 그예 거기 부닥쳤고, 다쳤다.

 어떻게 하면 그를 온전하게 소유할 수 있는지, 그에게 바람 쏘일 구석 하나, 쉴 틈 한순간 남겨 주지 않고 어떻게 마지막 부스러기까지 뜯어 먹을 수 있는지, 그들은 예전부터 알고 있었다. 그들은 그를 측량했고 흉측한 분할지들로, 사각형들로 나누어 재었고, 사방으로 주파했다. 가끔씩은 그가 달려 다니도록 끈을 풀어 줬다가, 그러나 너무 멀어진다 싶으면 다시 사로잡아 붙들어 놓았다. 유년기부터 그는 이렇게 뜯겨 먹히는 데 맛을 들였다 — 몸을 내밀었고, 그들의 시큼하고 달달한 향내를 맛보았고, 스스로를 내줬다.

그들이 그를 가둬 놓은 세계, 사방을 봉해 놓은 그 세계에는 출구가 없었다. 그들의 잔혹한 명료함, 눈을 멀게 하는 그들의 빛이 사방 천지 모든 곳을 평평하게 닦아 놓았고, 그늘진 것과 우둘투둘한 것을 죄다 없앴다.

그들의 침범에 그가 맛을 들였음을 그들은 알았고, 그게 그의 약점이었고, 따라서 그들은 거리낄 게 없었다.

그들은 그를 말끔하게 비워 낸 뒤 속을 채워 넣었고, 도처에서 그에게 다른 인형들, 다른 꼭두각시들을 보여 주었다. 그는 그들에게서 벗어날 수 없었고, 그들을 향해 자기 두 뺨의 매끈한 두 면을 공손하게, 한쪽 그리고 다른 쪽을 돌려 댈 수밖에 없었다, 그들이 입 맞출 수 있도록.

20

그가 어렸을 때, 밤마다 그는 침대에서 일어나 사람을 불러 댔다. 그녀들이 달려왔고, 불을 켰고, 하얀 빨래들 수건들 옷가지들을 손에 집어 들었고, 그에게 그것들을 보여 주었다. 아무것도 없었다. 빨래들은 그녀들의 두 손에 잡혀 공격성을 잃었고, 찌부러졌고, 빛 속에서 경직되어 죽은 것이 되었다.

그가 다 큰 지금, 그는 여전히 그녀들을 불러서 사방을 살펴보라고, 자기를 뒤져 보라고, 잘 보라고, 사기 구석구석에 웅크리고 있는 두려움들을 그녀들 두 손으로 잡아 달라고, 그것들에 빛을 비추어 조사해 보라고 했다.

그녀들은 들어가서 살펴보는 데 이력이 나 있었고, 그녀들의 손이 어둠 속을 더듬느라 자기에게 닿지 않도록 그는 그녀들보다 앞장서 가면서 직접 사방에 불을 켰다. 그녀들은 살펴보았고 — 그는 꼼짝하지 않았고 차마 숨도 쉴 수 없었고 — 그러나 아무 데도 아무것도 없었다. 무서울 만한 것은 아무것도 없었고, 모든 것은 착실하게 제자리에 있는 듯했고, 그녀들이 사방에서 알아보는 것은 익숙한 물건들, 오래전부터 알아 온 물건들뿐, 그녀들은 그것들을 그에게 보여주었다. 아무것도 없었다. 그는 뭐가 두려웠던 걸까? 가끔 가다, 여기 혹은 저기, 한구석에서 무언가가 어렴풋이 떨고 있거나 가볍게 후들거리는 것도 같았지만 그녀들은 탁, 손으로 한 번 쳐서 그걸 반듯하게 되돌려 놓았고, 아무것도 아니었다, 이번에도 그의 익숙한 두려움일 뿐 — 그녀들은 집어 들어 그에게 보여 주었다. 친구의 딸이 벌써 결혼했다? 그것인가? 아니면 동기였던 아무개가 진급을 했다, 훈장을 받을 것 같다? 그녀들은 정리했고, 그걸 다시 세워 놓았고, 그건 아무것도 아니었다. 잠시 동안 그는 자기가 더 강해지고 든든해지고 고쳐졌다고 생각했지만, 그처럼 경직된 기다림 속에서 금세 사지가 무거워지고 축 늘어지고 곱아들고 있음을 느꼈고, 콧구멍은 정신을 잃기 직전처럼 찌릿찌릿했다. 그녀들은 그가 갑자기 움츠러드는 모습을, 정신을 앗긴 듯 정신이 없는 듯 이상한 기색을 띠는 모습을 보았고, 그래서 찰싹찰싹 가볍게 볼을 두드려 — 윈저 공 부부의 여행, 르브룅 대통령, 다섯쌍둥이[10] — 그를 되살려

---

10) 1936년 영국 왕으로 즉위한 에드워드 8세는 바로 그해에 미국인 이혼녀 월리스 심슨과 결혼하기 위해 왕위에서 물러난다. 윈저 공이 된 그는 아내와 함께 많은 시간을 프랑스에서 보냈고, 당시 신문엔 그들의 사진이 자주 실렸다. 알베르 르브룅(Albert Lebrun, 1871~1950)은 1932년 대통령

놓았다.

 그러나 그가 정신을 차리고, 그녀들이 드디어 수선되고 깨끗해지고 정리되고 모든 게 제대로 맞춰져 갈무리된 그를 가만히 놔둘 때면, 그에게서 두려움이 다시 생겨나는 것이었다, 작게 나뉜 칸막이며 서랍장 깊숙한 곳, 그녀들이 방금 열어 보았고, 아무것도 보지 못했고, 다시 닫아 놓은 그곳에서.

으로 당선, 첫 번째 임기를 마치고 1939년에 재선되었으나 1940년 페탱 정부가 들어서면서 3공화국의 마지막 대통령이 되었다. 1934년 5월 28일 캐나다 온타리오주에서 세계 최초로 다섯쌍둥이가 태어나 큰 관심을 모았고 이후 몇 년 동안 신문에서 종종 화제가 되었다.

21

 검정색 알파카 앞치마를 하고, 십자가 메달[11]을 매주 가슴에 꽂고 다니던 여자아이, 극히 "수월하고", 굉장히 온순하고 굉장히 착한 아이였다. "아주머니, 이건 아이들용이 맞나요?" 삽화 신문이나 책을 사면서 확실하지 않을 때 그녀는 문구점 여자에게 묻곤 했다.
 그녀는 결코 그럴 수 없었으리라, 오, 아니, 세상천지 무슨 일이 있어도 그녀는 그럴 수 없었으리라, 그 나이 때에도 이미, 그 시선을 등에 얹고 가게에서 나가다니, 문을 열고 나가려고 할 때 문방구집 여자의 시선을 등줄기 가득 얹고 나가다니,

---

11) 1950년대 이전, 프랑스 초등학교 및 중학교에서는 각 반의 담임 교사가 매주 혹은 매달 최고 우등생에게 십자가 모양의 메달을 가슴에 달아 주는 표창 제도가 널리 행해졌다.

그럴 수는 없었으리라.

  그녀는 이제 다 컸고, 새끼 물고기가 큰 물고기 된다더니,[12] 아무렴 정말이다, 시간이 참 빨리도 흐른다, 아, 스무 살이 넘어가면 그때부터는 세월이 점점 더 빨리 달린다, 안 그런가? 그들도 그렇게 생각하는가? 그리하여 아무데나 잘 어울리는 검정색 수트를 입은 그녀는 그들 앞에 머물렀고, 그런 다음에는, 그렇긴 하다, 언제나 검정색은 차려입은 느낌을 낸다…… 그녀는 그들 앞에 머물러 앉았다, 옷에 맞춰 든 가방 위에 두 손을 십자로 모으고, 미소 지으며, 고개를 끄덕이며, 짠한 마음으로, 그렇다, 물론이다, 그녀는 얘기를 들었다, 그들 할머니의 임종이 얼마나 길게 이어졌는지 그녀는 알고 있었다, 그건 할머니 기력이 그만큼 좋았기 때문이다, 한번 생각해 보라, 그들은 우리들 같지 않았다, 할머니는 그 나이에도 이빨이 다 고스란히 남아 있었다…… 그리고 마들렌은? 그녀의 남편이…… 아, 남자들이란, 그들이 애를 낳을 수 있다면 아마 딱 하나만 낳을 거다, 물론이다, 남자들은 두 번은 못 할 거다, 그녀의 어머니, 그녀의 불쌍한 어머니는 늘 그 말을 달고 살았다 ─ 오! 오! 아버지들, 아들들, 어머니들! ─ 첫 아이는 딸이었다, 그들은 우선 아들을 갖길 원했는데, 아니, 아니, 너무 이르다, 그녀는 벌써 일어나려는 것이 아니다, 떠나다니, 그녀는 그들과 헤어지려는 것이 아니다, 그녀는 거기 머무를 것이었다, 그들 가까이에, 아주 가까이에, 최대한 가까이에, 물론이

---

12) 큰 성공도 아주 작은 데서 시작된다는 의미의 속담이다.

다, 그녀는 이해한다, 그건 참 고마운 노릇이다, 그러니까 첫 아들은, 그녀는 고개를 끄덕였다, 그녀는 미소 지었다, 오, 그녀가 먼저 할 순 없다, 오, 아니, 그들은 완전히 안심해도 된다, 그녀는 꼼짝도 안 할 것이다, 오, 아니, 그녀는 못 한다, 이걸 갑자기 끊는 일은 절대 못 할 것이다. 입을 다물기, 그들을 바라보기, 그리고 할머니의 병환이 한창인 바로 그때 일어서기, 그리고, 거대한 구멍을 하나 내고 달아나기, 너덜너덜한 칸막이 벽들에 부딪히면서, 그러고는 회색빛 거리들을 쭉 따라 웅크린 채 염탐하는 집들 한복판으로 소리를 지르면서 달려가기, 문 어귀에 앉아 바람을 쐬는 건물 관리인들의 다리를 뛰어넘으며 도망가기, 비틀린 입술로 앞뒤 없는 말을 울부짖으며 달려가기, 건물 관리인들이 뜨갯감 위로 머리를 들고 그 남편들은 무릎에 신문을 내려둔 채 그녀의 등줄기 가득, 그녀가 거리 모퉁이를 돌아들 때까지 그들의 시선을 얹어 놓을 동안.

22

 이따금씩, 그들이 그를 보지 않을 때, 그는 아주 살짝, 자기 주위에 뭔가 따뜻한 것, 뭔가 살아 있는 것을 찾아내 보려고, 찬장 지주목을 손으로 훔쳤다……. 그들은 그를 보지 못할 것이었고 보더라도 아마 그가 ─ 아주 흔한, 따지고 보면 해로울 것도 없는 강박으로 ─ 액운을 쫓기 위해 "나무를 만지고"[13] 있을 따름이라고 생각할 것이었다.
 자기를 지켜보는 그들의 시선을 뒤로 느끼면 그는, 오락 영화의 악당이 등 뒤로 경찰관의 시선을 느끼는 순간 여태 하던 행동을 무심하게 끝마침으로써 털털하고 순진한 모습을 보이

---

13) 서양의 미신적 풍습으로, 나무나 목재를 만짐으로써 액운을 쫓을 수 있다고 믿는다.

듯이, 그들을 제대로 안심시키기 위해 오른손 세 손가락으로 세 번씩 세 차례 두드려 액운을 쫓는 데 효험이 있는 정식 제스처를 취했다. 그가 자기 방에서 성경을 읽고 있을 때 들킨 뒤로, 그들은 그를 주도면밀하게 감시하고 있었으니까.

물건들 역시 그를 몹시 경계했다. 벌써 오래전부터였다. 아주 어렸을 때 그가 그것들에게 빌었던 때부터, 그것들에게 가까이 가 보려고, 그것들에게 다가가서 달라붙어 보려고, 몸을 녹여 보려고 애쓰던 때부터 그것들은 "작동"을, 그가 그것들에게 원하는 것, "유년의 시적인 추억들"이 되어 주기를 거부했다. 그것들은 얌전히 누그러져 있었고, 물건들, 바르게 다스려진 그것들의 얼굴은 지워져 있었고, 익명이었고, 숙련된 하인들의 얼굴이었다. 그것들은 자기들의 역할을 잘 알았고, 필시 내쫓길까 두려워서, 그에게 응답하기를 거부했다.

하지만 아주 드물게만 해 보는 이 소심하고 사소한 제스처를 제외하면, 그는 정말이지 무엇도 스스로에게 허락하지 않았다. 온갖 어리석은 강박을 제어하는 데 그는 차츰 성공했고, 이제는 심지어 보통 허용되는 기준을 밑돌았다. 우표 수집조차 — 누가 봐도 그건 정상적인 사람들이 하는 일인데 — 하지 않았다. 길을 가던 도중에 뭘 보려고 — 예전에 산책길에서 그의 하녀가 자 이제 가야지요! 가요! 하고 당기던 때처럼 — 멈춰서는 일이라곤 전혀 없이 그는 재빨리 지나갔고, 절대로 인도의 통행을 방해하지 않았다. 그는 물건들 앞을 지나갔다. 더없이 호의적이고, 더없이 생기 깃든 것들 앞에서조차, 공모의 시선 한 번 던지지 않았다.

요컨대, 정신 의학에 푹 빠진 그의 친구들이나 친척들조차 그에 대해서는 아무것도 흠잡을 수 없었고, 아마도 다만, 해로울 것 없는 기분 전환용 기벽의 결핍에 대해, 지나치게 순종적인 그의 순응주의에 대해, 가벼운 무기력 경향을 지적할 수는 있었다.

그러나 그건 그들이 허용한 바였다. 모든 것을 십분 고려하건대, 그건 덜 위험하고, 덜 상스러웠다.

오직 가끔 가다, 그가 너무 피곤할 때면, 그는 그들의 충고에 따라 혼자 떠나는 짧은 여행을 스스로에게 허락했다. 그리고 거기에서, 해 질 녘에 명상에 잠긴 듯 부드러운 관대함으로 가득한 눈 쌓인 골목길들을 산책하면서, 그는 주택들의 붉고 흰 벽돌들을 두 손으로 스치듯 건드려 보았고, 벽에 달라붙어, 무례한 게 아닐까 걱정하면서, 환한 유리창 너머 1층에 있는 어느 방을 바라보았고, 거기 창문 앞에는 초록 식물을 심은 화분들이 도자기 받침 접시 위에 놓여 있었고, 또 그 안에 있는 물건들은 신비로운 밀도로 채워져 따뜻하고, 충만하고, 육중하였고, 그러한 것들이 광휘의 한 파편을 그에게 ― 그에게까지, 낯모르는 이방인인데도 ― 던져 주었다. 거기 식탁 어느 구석이, 어느 찬장의 문짝이, 어느 의자의 지푸라기가 어슴푸레한 어둠으로부터 빠져나왔고, 그를 위해, 그가 거기 서서 기다리고 있으니까 그에게도 자비를 베풀어서, 그의 유년의 작은 한 조각이 되어 주기로 했다.

23

그들은 추하다, 그들은 밋밋하고 진부하고 개성이라곤 없다, 그들은 정말이지 너무나 케케묵었고, 클리셰들이다, 그녀는 생각했다. 발자크, 모파상에게서, 『마담 보바리』에서, 도처에서 묘사된 바 있는 그들을 그녀는 이미 허다하게 보아 왔고, 클리셰들이고, 복제품들이고, 복제품의 복제품이다, 그녀는 생각했다.

그녀는 그렇게나 그들을 밀어내고 싶었고, 그들을 움켜잡아 아주 멀리 던져 버리고 싶었다. 하지만 그들은 그녀 주위에 차분하게 자리 잡고 있었고, 사랑스럽게, 그러나 품위 있게, 아주 점잖게 그녀에게 미소를 지었고, 한 주 내내 그들은 일했고, 평생 그들 자신 말고는 누구에게도 의지한 적이 없었고, 그들은 아무것도 요구하지 않았다, 다만 가끔 가다 그녀를 보는 것뿐. 그녀와 그들 사이의 끈을 좀 고쳐 매는 것, 그들과 그녀를 이어 주는 줄이 여전히 제자리에 잘 있다고 느끼는 것뿐이었다. 그들이 원하는 것은 그저 그녀에게 물어보는 것, — 그게 자연스러우니까, 친구들을, 친척들을 방문할 때 모든 사람이 그렇게 하니까 — 그저 그녀에게 물어보고 싶을 뿐이었다. 그녀가 무슨 근사한 일을 했는지, 요즘 책을 많이 읽었는지, 자주 외출을 했는지, 그걸 보았는지, 그 영화들, 그녀는 그것들이 별로였는지…… 그들로 말하자면 미셸 시몽, 주베[14]가 참 좋았고, 그들은 정말 실컷 웃었고, 너무 좋은 저녁을 보냈다…….

그리고 그 모든 것, 클리셰들, 복제품들, 발자크, 플로베르, 『마담 보바리』로 말하자면, 오, 그들은 아주 잘 알았고, 그 모든 것에 훤했고, 하지만 그들은 겁내지 않았고 — 그들은 그녀를 상냥하게 바라보았고, 그들은 미소 지었고, 그녀 곁에서 단단히 자리 잡고 있다고 느끼는 것 같았고, 또 그들은 그 점을 아는 것 같았다, 자신들이 어찌나 허다하게 보여지고, 그려지고, 묘사되고, 또 어찌나 허다하게 우려먹혔는지 이제는 조약돌처럼 완전히 매끈해졌고, 완전히 반들반들해졌고, 파인 자국 하나, 움켜쥘 귀퉁이 하나 없다는 점을. 그녀는 그들에게 흠집조차 낼 수 없을 것이었다. 그들은 안전지대에 있었다.

---

14) 미셸 시몽(Michel Simon, 1895~1975)은 스위스의 영화·연극배우로, 1930년대부터 이미 유명했다. 루이 주베(Louis Jouvet, 1887~1951) 역시 연극배우 겸 영화배우로, 1934년에는 파리 아테네 극장의 감독이 되어 19세기 유명 작가들의 작품을 연출했다.

그들은 그녀를 둘러쌌고, 그녀를 향해 그들의 손을 내밀었다. "미셸 시몽…… 주베…… 아, 그렇지, 한참 미리 움직여야 겨우 자리를 구할 수 있었어…… 나중에는 표가 없거나 터무니없이 비싼 자리들, 박스 좌석이나 특별 관람석들뿐이었을 테니까……." 그들은 아주 살살, 조심스럽게, 아프지 않게, 끈을 살짝 더 세게 조였고, 가늘디가는 줄을 고쳐 맸고, 잡아당겼다…….

그리고 조금씩 조금씩 어떤 유약함이, 어떤 물렁함이, 그들 가까이에 다가가고 그들로부터 칭찬을 받으려는 어떤 욕구가 그녀를 그들과 함께 추는 윤무 속으로 밀어 넣었다. 그녀는 착해진 기분이 들었고(오, 그렇죠…… 미셸 시몽…… 주베……), 정말 착하게, 참하고 온순한 소녀처럼, 그녀는 그들에게 손을 맡기고 그들과 함께 빙빙 돌았다.

아, 드디어 이렇게 우리가 모두 모였네, 정말 착하게, 우리 부모님들은 우리 모습을 칭찬해 주었을 거야, 그래 드디어 이렇게 우리 모두가 여기 있네, 예의 바르게, 합창을 하면서, 보이지 않는 어른 하나가 감시하는 동안 상냥하게 윤무를 추며 슬프고 축축한 고사리손으로 서로를 얽어매는 선량한 아이들처럼.

24

그들이 모습을 드러내는 일은 좀처럼 없었다. 그들은 그들의 아파트 안, 그들의 컴컴한 방 깊숙한 곳에 도사린 채 동정을 살폈다.

그들은 서로에게 전화를 했고, 구석구석 뒤졌고, 기억해 냈고, 아무리 작은 기미도 아무리 미약한 신호도 덥석 물었다.

몇몇은 자기 어머니에게 일용직 재봉사가 필요하다는 것을 알리는 신문 광고를 자르며 기쁨에 겨워했다.

그들은 모든 것을 기억했고, 열성적으로 감시했다. 손에 손을 잡고 팽팽한 원을 하나 만들더니, 그를 둘러쌌다.

반쯤 지워지고 빛바랜 얼굴들을 한 그들 조촐한 동업자 협회는 그를 가운데에 놓고 둥글게 둘러섰다.

그러고는 그들 사이로 빠져나가려고 애쓰면서 치욕스럽게

기어가는 그를 볼 때마다 서로 얽은 손을 재빨리 낮추었고, 다 함께 그를 가운데에 놓고 쪼그려 앉아, 약간 아이 같은 미소를 지으며, 고집스럽고 텅 빈 시선을 그에게 붙박았다.

작품 해설

이야기 없는 미지의 세계
— 나탈리 사로트의 『향성』

『향성』이 태어나기까지

촉망받는 화학도였던 러시아 청년 일리야 체르니아크는 제네바에서 공부하던 중 자신과 마찬가지로 유학생이던 폴린 차투노프스키를 만나 결혼, 모스크바 근교의 공업 도시 이바노보에 염료 공장을 차린다. 제정 러시아에서 유대인이었던 그들은 원칙적으로 이 도시에 거주할 수 없었으나, 일리야가 혁신적인 염료를 개발한 덕분에 차르로부터 특별 허가를 받아 낸 것이었다. 아내 폴린 역시 교육 수준이 높은 유대인 집안 출신으로, 두 오빠 중 하나는 세계적으로 유명한 수학자였고 다른 한 명은 변호사였으며 그 자신도 후일 비흐로프스키라는 남성 가명으로 소설 및 동화를 쓰게 될 터였다. 요컨대 경제적으로나 문화적으로나 차르 치하의 러시아보다는 세기말 유럽의 중산층 특색이 짙은 가정이었다. 1897년 첫딸 헬렌이 태어나지만 1899년 성홍열로 사망하고, 이듬해 1900년 7월 18일 둘째 딸 나탈리아 체르니아크가 태어난다.

1902년, 부부가 이혼한다. 폴린은 두 번째 남편이 될 니콜라스 보레츠키와 함께 지내기 위해 파리로 떠나오고, 나탈리아는 일 년 중 두 달을 아버지와 함께 보낸다는 조건으로 어머니가 양육을 맡는다. 파리에 온 나탈리아는 세 살이 되자 유아원에 다니며 프랑스어를 배우는 한편 여름 방학 동안에는 아버지가 있는 러시아 이바노보로 돌아가거나 스위스 제네바에 가서 지내는데, 이때 독일계 스위스인 가정 교사로부터 독일어를 배운다. 1906년 어머니 폴린이 남편을 따라 러시아 상트페테르부르크로 가고 1907년에는 아버지 일리야가 정치적 이유로 프랑스로 망명하면서 양친의 근거지가 뒤바뀌지만 둘 사이를 오가는 생활은 유지된다. 그러다 어머니가 문필 활동을 하는 새 남편을 따라 헝가리로 이주, 나탈리아를 제대로 돌볼 수 없게 되면서 아이의 생활은 아버지가 새로 꾸린 가정을 중심으로 안착하고, 이후 나탈리아의 교육은 프랑스의 공교육에 따라 이루어진다. 1909년 파리의 공립 초등학교에 입학한 '나탈리'는 1912년부터 1918년까지 파리에서 중고등학교를 마친 뒤, 1918년에 파리 문과 대학에 입학한다. 그러는 내내 유대인 엘리트 집안의 환경은 별도의 자양을 제공한다. 1910년에는 새어머니 베라의 어머니가 일 년가량 머물며 러시아 및 프랑스 고전 작품을 아이에게 읽어 주는가 하면, 동생 릴리를 위해 고용한 영국인 보모로부터 영어를 배우기도 한다. 내력상 능통할 수밖에 없는 러시아어와 프랑스어에 더

하여, 1920년 대학을 졸업한 뒤에는 영국 옥스퍼드 대학교에서 역사를, 뒤이어 독일 베를린 대학교에서 역사 및 사회학을 공부하며 어려서부터 접한 영어와 독일어를 본격적으로 활용할 기회를 얻기도 한다.

 1922년, 파리로 돌아와 법과 대학에 등록한다. 이듬해 같은 대학에 다니던 레몽 사로트를 만나 1925년에 결혼하고, 같은 해에 두 사람 모두 졸업하여 수습 변호사로 취직한다. 사로트 부부에게서 1927년 첫째 딸 클로드, 1930년 둘째 딸 안, 1933년 셋째 딸 도미니크가 태어나고, 셋째 딸의 출생을 전후하여 나탈리는 변호사 일을 줄이고 글쓰기를 시작한다. 1932년 겨울부터 1937년까지 약 오 년에 걸쳐 작성된 열아홉 편의 텍스트를 묶은 얇은 책이 드노엘 출판사에서 1939년에 출간된다. 나탈리 사로트의 첫 작품집 『향성』이다.

『향성』의 문제

 출간 당시 이 책은 거의 전적인 무관심 속에 묻혔다. 무명 작가의 작품이었기 때문인가? 그 때문만은 아니었을 것이다. 셀린, 루이 아라공, 레몽 크노 등의 작품을 펴낸 바 있는 드노엘 출판사는 당시 그라세 출판사나 갈리마르 출판사만큼 높은 신망을 누렸고, 따라서 낯선 이의 첫 책이라도 충분히 눈길을 끌 수 있었다. 게다가 앞서 우리가 작가에 관해 제시한 유(類)의 정보를 갖춘들, 『향성』의 독서 경험이 크게 바뀌지는 않는다. 삶과 내력의 요약이란 대개 거칠고 피상적일 수밖에 없어서만은 아니고, 또한 물질적 유복함, 두터운 문화적 소양, 부모의 이혼이 유년기에 드리운 정서적 불안 등 자전적 요소들을 행간에서 읽어 내는 일을 작가가 바라지 않았기 때문만도 아니다. 이 작품의 첫 페이지들을 읽으며 독자가 느끼는 당혹감이 무엇보다도 텍스트 자체를 향하기 때문이다.

"그들은 사방에서 솟아나는 듯했다." '그들'은 어떤 존재들인가? 사람인가 사물인가? 흘러 다니거나 스며 나오거나 응어리지다가, 진열대 앞에 이르러서야 인간의 형상을 취한다. 무슨 일이 벌어지고 있는가? 윤곽이 잡힐락 말락 할 때, 글이 끝난다. 다음 페이지[1]에서 알 수 있겠거니, 책장을 넘긴다. "그들은 얼굴을 들여다보느라 붙어 있던 장롱 거울에서 뜯겨 나왔다." 여전히 '그들'이다. 장소는 바깥에서 집 안으로 달라졌다. 앞의 '그들'과 이 '그들'은 같은 사람들인가 다른 사람들인가? 다르다면 어떤 관계인가? '그들'에 이어 '그녀', '요리사', '아무개 양', '그'가 등장한다. 대결 구도가 드러나고, 어쩌면 무슨 일이 벌어질 것도 같을 때쯤 다시 글이 끝난다. 다음 장으로 넘어간다. "그들은 팡테옹 뒤, 게뤼사크가나 생자크가 쪽 조용한 골목들에 거주하게 되었다." 게뤼사크가'나' 생자크가 쪽 조용한 골목'들', 그렇다면 '그들'이 여럿이라는 말인가? 앞의 '그들'과는 무슨 관계인가? 그러고는 또 얼마 안 가서 별다른 사건 없이 글이 끝난다. 따라서 어느 순간, 독자는 다른 질

---

[1] 1939년에 출판된 『향성』 초판에는 텍스트를 구분하는 장 번호조차 없었다.

문을 던지기 시작할 것이다. 대체 이게 뭐지? 산문시일까, 아니면 에세이? 소설일 수는 없으리라. 등장인물 '그들'의 정체가 아닌 글의 정체를 묻는 이 질문은 독서 내내, 독서를 마치고 나서도 유효하게 남는다. 인물 대다수가 익명에(이름이 주어지는 건 18장의 하녀뿐이다), 이어지는 줄거리도 없다. 줄거리는커녕, 대개의 경우 사건이라 할 만한 일조차 일어나지 않는다.

짧게는 네댓 문단, 길어야 두세 쪽으로 이루어진 이 단편들이 야기하는 당혹감은 1937년 작가가 출판 가능성을 타진하며 원고를 보냈던 출판사들의 답장에서 고스란히 드러난다. 갈리마르 출판사는 이 텍스트들의 '야릇한 섬세함'을 높이 사면서도 출판을 거절할 수밖에 없음을 아쉬워하며 이후의 작품을, 특히 소설이 있다면 보내 달라고 당부한다. 그라세 출판사 역시 작가의 필력을 인정하지만 대중에겐 너무 난해한 텍스트라는 이유로 거절한다. 이해할 만한 답이다. 사실 이게 소설인가 아닌가 등의 질문으로 작품을 가늠하며 장르를 따지는 것은 단지 정리하고 분류하기 위해서뿐만이 아니다. 장르에 따라 작품 독법이 바뀐다는 점에서 장르 구분은 일종의 게임 규칙을, 정보 처리 방식에 대한 대략적 지침을 제공한다. 그것이 분명하지 않은 상태에서 매번 다른 '그들'을 마주해야 하는 독자는 고단함을 느끼고, 그 고단함이 난해하다는 말로 갈무리되고는 한다. 글을 쓴 작가 자신부터 괴물을 낳았다는 느낌을 받았다고 하니, 문제는 그저 시장성 내지 대중성의 결여가 아니었다. 규칙 바깥에서, 『향성』은 오랫동안 정체불명이었다.

작품 해설

인물도 줄거리도 없는 조각글 모음집, 차라리 산문시라고 할 수는 있을지언정 서사 장르와는 전혀 거리가 먼 작품이지만 그럼에도 『향성』에 닿는 길은 소설을 통해 주어진다. 사로트 생전에 출판된 플레이아드 총서의 「작품 전집」에서 『향성』이 『미지인의 초상』(1948), 『마르트로』(1953), 『천체투영관』(1959), 『황금 열매』(1963) 등의 소설 작품과 나란히 실려 있기 때문만은 아니다.2) 사로트가 명실공히 '누보로망(Nouveau roman)'을 대표하는 소설가이며 『향성』은 그의 첫 작품이자 그가 가장 아끼는 작품, 스스로 말하길 "이후 작품들에서 부단히 발전시킨 모든 것을 맹아로 담"고 있는 핵심적인 작품이어서만도 아니다. 평론집 『의혹의 시대』(1956)에 묶인 네 편의 평론이 인물, 줄거리, 대화 등 전통 소설의 주요 장치에 대한 질문을 제기함으로써 소설 비평을 쇄신하고 당시 발흥하던 누보로망 운동에 원동력을 제공한 것, 또한 그에 따라 『향성』이

---

2) 전집은 세 부분으로 나뉜다. 『향성』(1939; 1957), 『미지인의 초상』(1948; 1956), 『마르트로』(1953), 『천체투영관』(1959), 『황금 열매』(1963), 『삶과 죽음 사이』(1968), 『저 소리 들리세요?』(1972), 『"바보들이 말한다"』(1976), 『말의 용법』(1980), 『어린 시절』(1983), 『너는 너를 사랑하지 않아』(1989) 『여기』(1995)로 끝나는 첫 번째 부분엔 별도의 분류 제목이 없다. 두 번째 부분 「극(Théâtre)」에는 『침묵』(1964), 『거짓말』(1966), 『이스마, 이른바 사소한 것』(1970), 『아름다워라』(1975), 『저게 거기 있다』(1978), 『그렇지 아니지 말 한 마디 가지고』(1982) 등의 희곡 및 라디오극이, 세 번째 부분 「비평(Critique)」에는 『폴 발레리와 아기 코끼리』(1947), 『의혹의 시대』(1956), 『선구자 플로베르』(1965) 및 강연 및 평문 선집이 실려 있다. 전집 초판을 출간(1996)한 이후에 나온 『열어요』(1997)는 2011년에 출판된 수정 증보판 전집 마지막에 「부록(Supplément)」으로 실려 있다.

다시 태어날 수 있었음은 물론 사실이다. 당시 막 미뉘 출판사의 편집장이 된 알랭 로브그리예의 제안에 따라 1957년 『향성』이 재출간, 1939년 초판의 열아홉 편 중 한 편이 삭제되고 1939년부터 1941년 사이에 쓰인 여섯 편의 텍스트가 새로 추가되는 한편, 각 텍스트에 번호가 붙으면서 현재의 모습을 갖춘 것도 이때다. 그러나 1950년대 중반 이후 급물살을 탄 누보로망이라는 조류는 사로트의 작품 활동에서 우호적인 정황일 뿐 본원을 차지하지는 않는다. 소설이 새로운 내용과 형식을 찾아야 한다는 생각은 누보로망의 움직임이 시작되기 훨씬 전부터, 또 『의혹의 시대』에서 명시화되기 전부터 사로트의 글쓰기를 이끌었고 바로 그것이 『향성』을 쓰게 했기 때문이다.

    사로트의 글쓰기를 이끈 결정적 계기에 대해 말하려면 『향성』 집필이 시작된 1932년보다 훨씬 이전, 1924년 무렵 사로트가 마르셀 프루스트의 『잃어버린 시간을 찾아서』를, 뒤이어 1926년 제임스 조이스의 『율리시즈』와 버지니아 울프의 『댈러웨이 부인』를 읽던 시기까지 거슬러 올라가야 한다. 프루스트가 펼쳐 보인 시간의 밀도, 조이스가 파고든 심리의 다층성, 울프가 포착한 의식의 유동성, 이 새로운 세계들을 발견하고 감탄한 경험이 곧바로 글쓰기로 이어지진 않았다. 오히려 처음 느낀 것은 더 할 말이 남아 있지 않으리라는 무력한 탄복에 가까웠다. 이내 뒤따른 또 하나의 확신은, 그럼에도 뭔가를 더 써야 한다면 그들과 같은 방식으로 쓸 수는 없다는 것이었다. 그들 이전의 소설로 돌아갈 수 없다는 점은 두말할 나위도 없다. 무엇을, 어떻게 더 쓸 수 있을 것인가?

미지의 지대

제목에 쓰인 '향성'은 생리학 용어로, 물리적이거나 화학적인 외부 자극에 반응하는 생물의 경향을 가리킨다. 예를 들어 빛을 향해 뻗는 잎의 향일성, 지구의 중력을 향해 뻗는 뿌리의 향지성, 특정 화학 성분을 향해 움직이는 세포의 향화성 등을 떠올릴 수 있다. 사로트는 이 생경한 용어를 빌려 어린 시절부터 그의 관심을 사로잡았던 모종의 내적 움직임, "우리의 의지와는 무관한 본능적 움직임", "우리 의식의 가장자리를 빠르게 스치고 지나가는, 뭐라 규정할 수 없는 움직임", 그럼에도 "우리의 몸짓, 우리의 말, 우리가 밖으로 내보이는 감정들의 기원에 자리"하며 "우리 존재의 은밀한 원천"을 이루는 움직임을 통칭하고자 했다고, 『의혹의 시대』 서문에서 밝힌다.

무의지적 기억이나 의식의 흐름에 천착한 프루스트, 조이스, 울프가 여전히 의식의 영역에 머문다면, '향성'은 생각, 감정, 감각, 기질 등 심리 분석의 최소 단위에도 이르지 못하는 미미한 기척이다. 일종의 무의식인가? 그러나 사로트는 프로이트의 정신 분석과 그 환원적 해석을 여러 차례 단호하게 비판했다.(정신 분석에 대한 그의 반감은 『향성』 중 가장 풍자성이 짙은 12장에서 여실히 드러난다.) 사로트가 들여다보는 곳은 '의식의 가장자리(limites)', 의식의 빛이 잘 들지 않는 변방 영역이다. 극히 불분명하고 흐릿하며 순간적인, 그럼에도 인간의 삶과 행동을 완강하게 지배하는 무형질의 움직임이 그곳에서 발원하는바, 사로트는 그 미지의 지대를 탐색한다. 의식도 무의식도 아닌 이 영역을 관찰하고 그곳의 움직임을 언어 속에 핍진하게 담아내는 것이야말로 사로트가 내내 매달렸던 작업이며, 이에 따라 '향성'이라는 용어는 사로트 비평에서 일반 명사로 자리 잡아 널리 사용되기에 이른다. 작가 스스로 『향성』 이후로도 줄곧 "갖가지 향성들이 내 모든 책의 살아 있는 실질을 이루었다."라고 강조한다.

 딱딱한 과학 용어로 지칭되지만, '향성'의 영역은 누보로망의 특징으로 흔히 거론되는 '사물' 혹은 '객관성'의 세계와 거리가 멀다. 사로트의 관심은 늘 인간 내부와 인간 사이를 향한다. 이 반응들이 때로 인간 심리의 영역이라기보다는 생물 일반의 말초적 본능처럼 보이는 까닭은 그 즉각적인 움직임들이 의식의 지배와 감지를 벗어나기 때문이다. 미지의 영역을 탐구하는 문장은 더듬듯 나아가며 그 세부를 현미경 상(像)처럼 확대하거나 슬로 모션처럼 길게 늘인다. 사건과 인물이 사라지는 것도 마찬가지 필요에서다. 혼란하고 미묘하며 매 순간 변화하는 '향성'의 움직임이 사건이나 행동을 대신한다. 의지와 논리가 힘을 발휘하지 못하는 이 지대에서 인물의 이름이며 성격, 배경과 내력은 초점을 흐트러뜨릴 뿐, 여기에 적합한 것은 오히려 익명의 개체들, 변화무쌍한 '향성'이 잠시 나타났다 사라지는 세포들을 이르는 대명사 '그들'이다.

 '향성'의 매개체에 불과한 이들에게서 훌륭하게 축조된 소설적 인물이 갖추어야 한다고 여겨지는 입체성이나 깊이를 찾아보긴 힘들다. 더불어 이야기의 진행에 따라 성숙하거나 발전하는 모습 역시 기대하기 어렵다. 그럼에도 우리는 침대 끝에 걸터앉은 5장의 여인이나 자리 뜰 순간을 엿보며 붙들려 있는 21장의 여인을 가깝게 느낄 수 있다. 정확히 말하자면 이러저러한 순간 어떤 충동에 사로잡혀 있는 그들의 감각을 생생하게 느끼는 것이다. 또한 특별하지 않은 한순간이 확대되어 미세하게 규명될 때, 그 속에는 사회와 시대가 개개의 의식에 행사하는 작용이 드러난다. 풍자가 냉소적 희화로 그치지 않고 늘 그 이면을 들추는 이유는 해부의 철저함 때문이다. 11장에서 최신 '지성'을 좇는 '그녀'의 탐욕은 지적 양식을 빼돌려 숨기려 하는 '그들'의 치사함과 짝패를 이룬다. 자극에 대한 반응으로 나타날 뿐 아니라 그 자체 새로운 자극이 되면서 사람과 사람 사이를 오가는 '향성'의 흐름을 쫓는 기술은 힘을 행사하는 자와 힘에 사로잡힌 자(9장), 강자와 약자(14장), 능동과 피동(23장)의 구분을 뒤섞고 보호의 폭력성을(3장), '자유' 속의 속박을(10장, 13장), '자아'의 내밀한 심층부를 포위한 외양의 사회를(20장) 드러내 보인다.

    실험적 소설가로 여겨지곤 하지만, 사로트는 딱히 기법상의 파격을 추구하지 않았다. 포착하기 힘든 움직임들을 최대한 정확하게 되살리고자 하는 노력이 자주 새로운 어법을 만들어 냈을 따름이다. 2장이나 8장에서 부엌의 수다 떠는 사람들로부터 옆방 고용인으로, 할아버지로부터 아이로 예고 없이 초점이 이동하는 것은 글쓰기가 인물이나 사건이 아닌 '향성'

의 흐름을 쫓기 때문이다. 7장에서는 자신의 생각인지 다른 이의 의견을 전달하는 것인지, 화자 자신에게조차 불분명해 보이는 발언이 직접 화법도 간접 화법도 아닌 형태, 즉 따옴표 속의 전달문이라는 기이한 형식으로 연출된다.

미세하고 불분명하며 유동적인 '향성'은 '뭐라 규정할 수 없는' 것, 정의상 이름이 없다. 언어와 의식을 피해 달아나는 유동적 실체를 언어로 전달하되 언어의 경직성이 그 생생함을 가두지 않아야 한다. 사로트에게서 언어는 곧잘 묘사하는 대신 체현한다. 1장에서 문장은 내용에 따라 '길다랗게 늘어지'거나 꺼졌다 켜졌다 하는 간격을 만들어 내고, 4장에서 '그'의 눈치를 보기에 급급한 '그 여자들'의 대화 '발레'는 혼곤한 리듬으로 깡충거린다. 어떤 '향성'들에서는 형언하기 힘든 막연한 인상들이 파충류, 해초, 벌레 등의 움직임에 비유되면서 육박해 온다. 소리 울림과 리듬, 감각적 이미지의 적극적인 사용은 『향성』이 빈번하게 시적 텍스트라 불리는 요인 중 하나다. 사로트 자신부터가 시와 소설의 언어에 뚜렷한 경계가 있다고 보지 않았다. 흔히 통용되는 말과 그 용법을 곱씹지 않고 쓰는 이들이 한편에 있고, 다른 편에는 새로 발견된 현실에 맞는 형식과 언어를 탐색하는 이들이 있을 뿐이다. 이렇게 보면 어린 나이부터 배운 러시아어, 독일어, 영어는 작가 사로트에게 도스토옙스키, 카프카, 조이스, 울프 등을 원어로 읽는 기회만을 제공한 것이 아니다. 상이한 언어들이 부딪히며 서로의 관습을 문제 삼을 때, 결국 모든 말의 이상함에 생각이 가닿는다. '말의 용법'을 해부하는 능력, 가장 심상한 말을 수상하게 만드는 능력이야말로 이 이방인의 프랑스어가 그의 복잡한 언어 이력에서 얻어 낸 가장 귀중한 자원일 것이다.

서사 장르가 당연한 전제로 삼는 규칙들이 경험 현실과 괴리되어 있음을 인식하는 한편, 언어적 재현의 한계를 끊임없이 의식하고 언어 바깥의 여분을 탐색하며 글쓰기의 지평을 넓혔다는 점에서 『향성』의 글쓰기는 여전히 시사적이다. 삶은 언제나 이야기되지 못하는 것으로 가득하다. 기반도 지향도 없는 생활 속에서 중단 없이 변화하는 매 순간을 샅샅이 들여다볼 줄 아는 이는 거기에서 자아의 심층 의식이나 내면뿐 아니라 한 시대와 사회를, 언어와 문화와 습속의 결정체들을 수없이 발견할 수 있을 것이다. 의미가 보장되지 않는 세계에서 깊이를 찾는 정신에게 『향성』은 무한한 보고를 열어 보인다.

앞서 말했듯 『향성』은 1939년 드노엘 출판사에서 처음 나왔고, 1957년 미뉘 출판사에서 수정 증보판이 나왔다. 1939년 판본에서 여섯 번째 장이었던 단편이 2차 세계 대전 직전의 시대 배경에 지나치게 한정된 내용이라 충분한 파장력을 지니고 있지 못하다는 이유로 삭제되었고, 그 밖의 18개 텍스트에서는 몇몇 구두점이 수정되었을 뿐 순서 및 내용은 거의 동일하다. 1957년에 추가된 6개의 텍스트(19장~24장) 중 네 편(20장, 22장, 23장, 24장)은 1955년 잡지 《신세계(Monde nouveau)》에 「원(Le Cercle)」이라는 제목으로 실린 바 있다. 한국어 번역은 1957년 미뉘 출판사의 텍스트를 저본으로 삼았고, 각주 및 해제는 갈리마르 출판사의 「작품 전집」을 참

고했다.(Nathalie Sarraute, *Œuvres complètes*, éd. Jean-Yves Tadié, Gallimard, coll. Bibliothèque de la Pléiade, 1996.)

유학 시절에 이 작품을 발견하고 홀린 듯 번역했지만 작품의 분량과 성격상 출판되기는 힘들겠다고 여겨 일찌감치 체념했다. 오래 묻혀 있던 원고가 빛을 볼 수 있게 해 준 민음사에 깊은 감사를 표한다. 거친 원고를 다듬는 데 도움을 준 유상훈 편집자, 사로트 연구자 권초원, 동지 노재희와 문성욱에게도 고마움을 전한다.

2025년 봄
위효정

작가 연보

1900년   7월 18일, 러시아 이바노보에서 중산층 유대인 아버지 일리야 체르니아크(Ilya Tcherniak, 1869~1949)와 어머니 폴린 차투노프스키(Pauline Chatounowski, 1867~1956) 사이에서 태어난다.
1902년   부모가 이혼하면서 같은 해 어머니와 함께 프랑스로 이주한다. 이후 몇 년간 1년에 두 달씩 아버지와 러시아 또는 스위스에서 여름 휴가를 보낸다.
1906년   어머니와 함께 상트페테르부르크로 이주하여 집에서 러시아어와 프랑스어로 교육을 받는다. 어머니 폴린은 비흐로프스키라는 남성 가명으로 집필 활동을 하며 생계를 꾸린다.
1907년   반체제 활동으로 러시아에 머물 수 없게 된 아버지가 프

	랑스로 망명하여 파리에 정착한다.
1909년	어머니가 새 남편을 따라 오스트리아-헝가리의 부다페스트로 떠나면서 예년보다 일찍 아버지의 집으로 간다. 베라 체레메티엡스키(Véra Cheremetievski)와 재혼한 아버지는 파리에 정착하여 러시아 출신 지식인들과 교류한다. 8월, 이복동생 릴리(Lili)가 태어난다. 9월, 개학한 뒤에도 어머니가 오지 않자 파리의 공립 학교에 등록한다.
1910년	새어머니 베라의 모친이 파리에 와서 1년간 머물며 나탈리에게 프랑스와 러시아 고전을 읽어 주고 피아노를 가르친다. 할머니가 떠난 후 새어머니가 릴리를 위해 영국인 보모를 고용하고, 나탈리는 이 보모에게서 저녁마다 영어를 배운다.
1912년	파리 페늘롱 중고등학교에 입학한다.
1918년	바칼로레아를 치르고 파리 문과 대학에 등록한다.
1920년	문학사 학위를 취득한 뒤 영국 옥스퍼드 대학으로 간다. 처음에는 아버지를 기쁘게 하려고 화학을 공부하지만 오래지 않아 역사학으로 관심을 돌린다.
1921년	독일에 몇 달간 머물며 역사 및 사회학 수업을 듣는다.
1922년	파리로 돌아와 법과 대학에 등록한다.
1923년	같은 대학에 다니던 레몽 사로트를 만난다.
1925년	레몽 사로트(Raymond Sarraute, 1902~1985)와 결혼한다. 두 사람 모두 법학 학사 학위를 취득한 뒤 변호사 협회에 등록, 수습 변호사로 일한다.
1927년	첫딸 클로드가 태어난다.

1930년 둘째 딸 안이 태어난다.
1932년 변호사 일을 줄이면서 따로 방을 얻어 글쓰기를 시작한다.
1933년 셋째 딸 도미니크가 태어난다.
1937년 『향성』의 초판에 실릴 열아홉 편의 짧은 텍스트들을 완성하고, 남편의 격려에 힘입어 출판사 섭외에 나서지만 연이어 거절당한다.
1939년 2월, 드노엘 출판사에서 『향성』을 출간한다. 9월, 독일이 폴란드를 침공하면서 2차 세계 대전이 발발한다.
1940년 프랑스가 독일에 항복하면서, 반유대인 정책에 따라 변호사로서 법정에 설 수 없게 된다. 이후 사로트는 법조계로 돌아가지 않고 평생 글쓰기와 문학 관련 강연에 전념한다. 2차 세계 대전 동안 파리 근교의 시골에서 피신 생활을 하며 『미지인의 초상(Portrait d'un inconnu)』을 집필한다.
1945년 2차 세계 대전이 끝난 뒤 장폴 사르트르(Jean-Paul Sartre, 1905~1980)를 만나 『미지인의 초상』에 관한 이야기를 나눈다. 사르트르는 그중 일부를 《현대(Les Temps modernes)》 1946년 1월호에 싣는다.
1947년 첫 평론 「폴 발레리와 아기 코끼리(Paul Valéry et l'Enfant d'Éléphant)」를 《현대》 1월호에 발표하고 10월에는 같은 지면에 「도스토옙스키에서 카프카까지(De Dostoïevski à Kafka)」를 발표한다.
1948년 여러 출판사에서 거절된 『미지인의 초상』이 사르트르의 친구 프랑수아 에르발(François Erval, 1914~1999)이 이

	끌던 로베르 마랭(Robert Marin) 출판사에서 사르트르의 서문과 함께 출간된다.
1950년	2월, 《현대》에 「의혹의 시대(L'Ère du soupçon)」를 발표한다.
1953년	갈리마르 출판사에서 『마르트로(Martereau)』를 출간한다.
1956년	사르트르의 반대로 《현대》에 실리지 못한 「대화와 하부대화(Conversation et sous-conversation)」를 《신신프랑스 평론(Nouvelle nouvelle revue française)》 1월호와 2월호에 나누어 발표한다. 같은 해 네 편의 평론(「도스토옙스키에서 카프카까지」, 「의혹의 시대」, 「대화와 하부대화」, 「새들이 보는 것(Ce que voient les oiseaux)」)을 묶어 『의혹의 시대』라는 제목으로 출간하는 한편, 갈리마르에서 『미지인의 초상』을 재출간한다.
1957년	미뉘 출판사에서 『향성』을 수정 증보 출간한다.
1959년	『천체투영관(Le Planétarium)』을 출간한다. 이 작품과 함께 독자층을 넓히면서 세계 각지로 강연을 다니기 시작한다.
1963년	『황금 열매(Les Fruits d'or)』를 출간, 이듬해 이 작품으로 국제문학상(Prix international de littérature)을 수상한다.
1964년	독일 라디오 방송국의 요청에 따라 쓴 『침묵(Silence)』을 《메르퀴르 드 프랑스(Mercure de France)》 2월호에 발표한다. 사로트의 첫 극 작품인 이 작품은 같은 해 4월에 독일어로 방송된다.
1965년	평론 「선구자 플로베르(Flaubert le précurseur)」를 발표한다.

1966년 두 번째 라디오극 『거짓말(Le Mensonge)』이 라디오 프랑스(Radio France) 및 벨기에와 독일의 라디오에서 방송된다.

1967년 『침묵』과 『거짓말』이 장루이 바로(Jean-Louis Barrault, 1910~1994)의 연출로 오데옹 극장(Théâtre de l'Odéon)의 무대에 오른다.

1968년 『삶과 죽음 사이(Entre la vie et la mort)』를 출간한다.

1970년 라디오극 『이스마, 이른바 사소한 것(Isma, ou ce qui s'appelle rien)』이 프랑스 퀼튀르(France Culture)에서 방송되고 같은 해에 출간된다.

1971년 장 리카르두(Jean Ricardou, 1932~2016)를 중심으로 누보로망 작가들에 대한 학술 대회가 스리지라살(Cerisy-la-Salle)에서 개최된다. 언어를 최종 심급으로 삼는 장 리카르두의 작품관에 반대했던 사로트는 오랜 고민 끝에 참가를 결심, 「내가 하고자 하는 것(Ce que je cherche à faire)」이라는 발표문을 통해 자신의 글쓰기 원칙을 확인하는 한편, 누보로망의 특정 경향과 선을 긋는다.

1972년 『저 소리 들리세요?(Vous les entendez?)』를 출간한다. 라디오극 『아름다워라(C'est beau)』가 프랑스 퀼튀르에서 방송되고 1975년에 출간된다.

1976년 『"바보들이 말한다"(« disent les imbéciles »)』를 출간한다.

1978년 이미 출간된 네 편의 극작품과 『저게 거기 있다(Elle est là)』를 엮어 『희곡집(Théâtre)』을 출간한다.

1980년 『말의 용법(L'Usage de la parole)』을 출간한다.

1982년   프랑스 문화부로부터 국가문학대상(Le Grand Prix national des Lettres)을 수여받는다. 같은 해, 극작품 『그렇지 아니지 말 한 마디 가지고(Pour un oui ou pour un non)』를 발표한다.

1983년   『어린 시절(Enfance)』을 출간한다.

1985년   남편 레몽 사로트가 사망한다.

1986년   7월, 아비뇽 연극제에서 사로트의 많은 작품들이 공식 프로그램을 차지하고, 특히 미셸 뒤물랭(Michel Dumoulin, 1935~2015)의 연출로 『저게 거기 있다』, 『그렇지 아니지 말 한 마디 가지고』가 공연된다.

1989년   스리지라살에서 사로트의 작품에 대한 대규모 학술 대회가 개최된다. 같은 해 『너는 너를 사랑하지 않아(Tu ne t'aimes pas)』를 출간한다.

1993년   자크 라살(Jacques Lassalle, 1936~2018)의 연출로 『침묵』과 『저게 거기 있다』가 코메디 프랑세즈(Comédie-Française)에서 공연된다.

1995년   『여기(Ici)』를 출간한다.

1996년   갈리마르 출판사 플레이아드 총서에서 「작품 전집」을 출간한다.

1997년   『열어요(Ouvrez)』를 출간한다.

1999년   10월 19일, 파리에서 사망한다.

세계문학전집 467

향성

1판 1쇄 펴냄 2025년 3월 28일
1판 2쇄 펴냄 2025년 12월 17일

지은이 나탈리 사로트
옮긴이 위효정
발행인 박근섭, 박상준
펴낸곳 (주)민음사

출판등록 1966. 5. 19. (제 16-490호)
서울특별시 강남구 도산대로1길 62(신사동) 강남출판문화센터 5층 (우편번호 06027)
대표전화 02-515-2000 팩시밀리 02-515-2007
www.minumsa.com

한국어 판 © (주)민음사, 2025. Printed in Seoul, Korea

ISBN 978-89-374-6467-6 04800
ISBN 978-89-374-6000-5 (세트)

* 잘못 만들어진 책은 구입처에서 교환해 드립니다.